Os Escolhidos de Gaia

MARCELA MARIZ

NÃO VENHA PARA O MUNDO PERFEITO

Tradução: SANTIAGO NAZARIAN

Título original: *The Chosen of Gaia*

GERENTE EDITORIAL
Alessandra J. Gelman Ruiz

EDITOR ASSISTENTE
Denis Araki

ASSISTENTES EDITORIAIS
Felipe Castilho
Carol Christo

PREPARAÇÃO
Otacílio Nunes

REVISÃO
Raquel Fernandes

CAPA
Diogo Droschi

DIAGRAMAÇÃO
SGuerra Design

Dados Internacionais de Catalogação na Publicação (CIP)
Câmara Brasileira do Livro, SP, Brasil

Mariz, Marcela

Os escolhidos de Gaia / Marcela Mariz ; tradução Santiago Nazarian. -- 1. ed. -- Belo Horizonte : Editora Gutenberg, 2014.

Título original: The Chosen of Gaia.

ISBN 978-85-8235-132-1

1. Ficção - Literatura infantojuvenil I. Título.

14-01150 CDD-028.5

Índices para catálogo sistemático:
1. Ficção : Literatura infantojuvenil 028.5
2. Ficção : Literatura juvenil 028.5

A **GUTENBERG** É UMA EDITORA DO **GRUPO AUTÊNTICA**

São Paulo
Av. Paulista, 2.073, Conjunto Nacional,
Horsa I, 23° andar, Conj. 2301
Cerqueira César . 01311-940
São Paulo . SP
Tel.: (55 11) 3034 4468

Belo Horizonte
Rua Aimorés, 981, 8° andar
Funcionários . 30140-071
Belo Horizonte . MG
Tel.: (55 31) 3214 5700

Televendas: 0800 283 13 22
www.editoragutenberg.com.br

Para minha família e amigos,
por me fazerem acreditar.

UM

Domingo. O clima quente, combinado à brisa suave do início da manhã, parecia trazer a promessa de alguma aventura nova e empolgante.

Definitivamente, aquele era o momento para uma mudança. Uma onda de coragem invadiu então os pulmões de Albert. Agora ele tinha 15 anos, uma idade em que as coisas podiam finalmente começar a acontecer, se ele conseguisse enfrentar o desafio.

Talvez ele apenas precisasse pedir mais apoio de Ruth e solicitar uma... interferência social! Nos últimos dias em que alugaram a casa de praia, sua irmã gêmea aprendeu kitesurf, venceu um torneio de caminhada e até foi aos céus em seu primeiro voo de parapente.

Lá estava ela no mar... nadando com novos amigos... enquanto ele estava sentado pateticamente na areia, usando grandes quantidades de protetor solar, e segurando um livro antigo que nem interessante de ler era.

— Albert? — uma voz suave interrompeu seus pensamentos. A voz mais carinhosa que ele já conheceu pertencia à pessoa mais doce que ele podia imaginar: sua mãe, Sarah. — Já chamei você umas cinco vezes, e você nem piscou! Está tudo bem? — Seus olhos verdes brilhantes estavam fixos nos dele, tentando decifrar seus pensamentos.

— É... eu só estava pensando... neste livro. É bem interessante... — disfarçou. Ele sabia que não conseguiria esconder muito dela, mas havia algumas coisas que preferia guardar para si.

— Eu trouxe almoço pra você! — disse Sarah, passando a ele um prato com batatas fritas e hambúrguer.

— Oh-oh... Acha que o pai fez direito desta vez?

Hesitando, ele agarrou o hambúrguer, enquanto a mãe se sentava ao lado dele.

— Bom... está melhor que o último... — ela disse, olhando para o pai de Albert, Victor Klein, que fazia o churrasco na frente da casa. Apesar de nuvens de fumaça preta saírem de sua grelha improvisada, ele parecia confiante em seu desempenho. — Seu pai não é mesmo o máximo?

— Definitivamente, deveria ser proibido ele cozinhar qualquer coisa — disse Albert, com os olhos vidrados no prato. Seu pai nunca costumava dedicar muito de seu tempo a eventos familiares como aquele, então ele tentaria demonstrar um pouco de apoio e gratidão. Depois de respirar fundo, tomou coragem para dar a primeira mordida. Apesar de o engasgo ser quase instantâneo, ele teve de disfarçar a dificuldade de mastigar, depois de notar que o pai estava espiando. Rapidamente, Albert mostrou a ele o polegar em sinal de positivo, e Victor sorriu de volta, orgulhoso.

— Parece que o Sabão adorou! — Sarah apontou para o cão basset, que devorava feliz um pedaço de carne que Victor sem querer tinha deixado cair no chão.

— O Sabão? — repetiu Albert, cuspindo discretamente a comida em um guardanapo. — Ele come até a maquiagem da Ruth e as minhas meias sujas! Ele não vale!

Sarah não conseguiu segurar o riso. Albert definitivamente tinha razão. Naquela semana mesmo, ela tinha pegado o cachorro comendo limão, pimenta e a escova de dentes dela.

— Espere... o que está acontecendo? — De repente, Albert perdeu o fôlego olhando para o mar.

A água parecia fugir da praia, como se houvesse sido sugada pelo ralo de uma banheira. — Não é pos.. sível... — Albert gaguejou. — É um tsunami!

Uma sirene de alerta soou. Os salva-vidas soaram seus apitos e gritaram ordens de evacuação. Os surfistas começaram a nadar de volta à praia desesperadamente. Muitos pais correram de um lado para o outro em busca de seus filhos e as crianças começaram a chorar. Um caos total se estabeleceu.

Sarah segurou as mãos de Albert, em choque.

— Rápido! Precisamos sair daqui! — gritou Albert, ajudando a mãe a ficar em pé.

Albert varreu o horizonte em busca de Ruth. Ela estava parada, congelada, hipnotizada pela água que se retraía.

— Ruth, venha! — gritou Sarah.

— Deixa que eu a ajudo, mãe, vá ficar com o pai! — Albert ordenou.

Mas não estava fácil passar pelo enorme fluxo de pessoas que estava fugindo da praia. Como um rebanho aterrorizado, pisoteavam tudo e todos no caminho. O corpo de Albert parecia estar sendo arrastado pelos outros e algumas vezes ele foi jogado na areia junto com caixas de isopor quebradas e cadeiras.

Quando finalmente alcançou Ruth, ele sabia que era tarde demais. Uma onda colossal, talvez com uns dez metros de altura, rugia na direção deles. Se tentassem fugir, só conseguiriam dar alguns poucos passos. Então, ele apenas ficou lá, com um braço ao redor da irmã. Seus pais, que saíram correndo a toda velocidade, chegaram a tempo de juntar-se ao abraço, e todos ficaram unidos, esperando a água levar tudo embora.

Entretanto, isso não aconteceu. As casas da praia e as palmeiras foram derrubadas. Todas as pessoas e seus pertences que haviam sido deixados na areia foram levados. Mas eles não. Quando a maré baixou e a família Klein reabriu os olhos, eles viram-se completamente sozinhos na areia. Sozinhos exceto por um homem negro de cabelos grisalhos, a poucos passos deles. Ele se aproximou e olhou todos nos olhos, um por um. Então, anunciou em uma voz profunda:

— Vocês foram os escolhidos.

Albert acordou. Seu cabelo ruivo estava úmido com o suor que escorria pela testa. Tentando controlar sua rápida respiração, olhou para o despertador de sua organizada mesa de cabeceira: eram 5h30 da manhã. O sonho havia sido tão loucamente real, tão rico em detalhes e emoções! Até seus pensamentos haviam sido muito... genuínos!

Enquanto os pés de Albert buscavam o chão, um ganido agudo quebrou o silêncio absoluto do quarto.

— Desculpa, Sabão! — ele cochichou e imediatamente começou a acariciar o cão, como se esperasse o perdão por tê-lo pisado. O cão abaixou as orelhas e balançou o rabo.

— Ei! Quietos! — reclamou Ruth, que dormia do outro lado do corredor. Através das portas abertas, ele podia vislumbrar as pilhas de roupas, cosméticos, mochilas e livros no chão ao redor da cama da irmã. "Como ela conseguia viver assim?", ele se perguntava.

Albert cambaleou em direção à varanda e foi seguido fielmente por Sabão. O sol havia começado a nascer, e o céu tinha aquela cor típica, azul-pálido, do começo da manhã. Ele agarrou a velha cadeira de praia que estava apoiada em barras de ferro, abriu-a e se sentou, respirando de maneira profunda e reconfortante.

— Outro sonho estranho... agora já são cinco — ele pensou, acariciando as orelhas de Sabão. Estaria o lado inconsciente de seu cérebro tentando mandar alguma mensagem misteriosa com esse sonho, ele se perguntou? Ou era seu lado consciente simplificando algo que ele já sabia: que a vida era uma chatice.

Albert olhou para o céu, então se endireitou, espantado, e se ergueu da cadeira. O céu azul-claro havia se tornado completamente vermelho. Ele esfregou os olhos. Ainda enxergava vermelho! Deu um passo atrás, um pé, depois o outro, mas não reparou que Sabão estava novamente em seu caminho. Perdeu o equilíbrio e, enquanto caía, seus braços bateram em tudo ao seu redor provocando um estrondo. Ruth acordou sobressaltada e gritou. Sabão latiu instintivamente.

Por alguns segundos, Albert permaneceu caído no chão, com metade do corpo dentro do quarto, metade na varanda.

— Sabão, para com isso! Precisa ficar atrás de mim assim? — reclamou Albert, enquanto o cachorro lambia seu rosto.

Seus pais vieram até a porta, parecendo cansados e desorientados. Victor, com o cabelo escuro arrepiado como um penteado moicano, segurava uma raquete de tênis defensivamente. De repente, o despertador disparou e Victor se virou, girando a raquete no ar.

— Calma, gente! Calma! Eu caí... foi só isso... — explicou Albert, levantando-se e desligando o relógio.

— Ah, sério? Só isso? — retrucou Ruth, entrando no quarto dele. Ela havia acabado de saltar da cama, mas seu longo cabelo ruivo ainda parecia perfeitamente escovado. — Da próxima vez, por favor, tenta derrubar a outra metade do quarto para poder acordar os vizinhos também! — Ela se sentou no canto da cama dele.

— Para de criar caso! Já estava na hora da gente acordar. Além do mais… — Albert parou por um momento, olhando para o céu algumas vezes. — Vocês não têm ideia do que aconteceu. O céu estava vermelho há alguns minutinhos. Totalmente vermelho.

— Você precisa parar de ver esses filmes de terror, Albert — aconselhou Ruth.

— Não tem nada a ver com filme — reagiu Albert.

— Tem sim. Filme de terror faz a gente perder a noção do que é real — disse Victor pondo a raquete de tênis no chão. — Então, foi aquele mesmo sonho novamente?

Albert assentiu e virou o rosto para olhar um desenho na parede. Pegou um lápis em sua mesinha e cuidadosamente retocou a sobrancelha grossa da imagem que fazia do rosto que continuava aparecendo em seus sonhos. — É... a mesma situação e o mesmo cara…

— Ele disse algo diferente desta vez? — perguntou Sarah, intrigada.

— Não, mãe, mas… quando eu vi o céu vermelho eu ouvi a voz dele na minha cabeça... dizendo... "Gaia".

— Estou começando a ficar preocupada com você, moleque. — Victor passou a mão no cabelo de Albert. — Vá se vestir para a escola. Eu vou tomar um banho...

— Hoje é o grande dia! — comemorou Sarah, beijando Victor.

— Você vai assistir à cerimônia, certo, querida? — Victor prendeu Sarah em seus braços.

— Nunca que eu perderia meu marido ganhando uma medalha do prefeito! — ela respondeu.

— Astrônomo do ano! — exclamou Ruth, pegando uma página amarrotada do jornal no criado-mudo e apontando uma foto de Victor. — Parece bem importante, pai, tão importante que eu devo ir também.

— Você vai para a escola, mocinha! — declarou Victor, saindo do quarto.

— Então, mãe... — Ruth puxou a mãe para se sentar ao lado dela na cama. — Você deixa eu me mudar para o andar de baixo agora que o Albert está ficando maluco? Eu posso até ter um ataque do coração da próxima vez em que ele me acordar assim.

O tom exagerado de Ruth provocou risadas em Sarah, mas ela parou assim que notou a expressão angustiada de Albert.

— Sabe, filho, seu avô me contava sobre... céus vermelhos...

Sarah nunca escondeu sua fascinação pelo pai. Sempre o descrevia orgulhosamente como inteligente e carinhoso, profundamente ligado à natureza. Infelizmente, ela havia perdido os pais bem moça, mas herdou o amor deles por todas as coisas vivas, cuidando do jardim e trabalhando de voluntária em vários abrigos de animais.

— Meu pai costumava dizer que céus vermelhos são um sinal de que grandes acontecimentos estão a caminho... — Sarah continuou.

— Grandes acontecimentos estão a caminho? Isso parece bom! Talvez as meninas finalmente deixem você conversar com elas. — Ruth deu um soquinho no ombro de Albert.

— Talvez… — ele sorriu, pensando nas possibilidades.

— Quanto antes você se vestir, mais cedo vai descobrir. Gaia pode ser o nome da sortuda! — Sarah o encorajou, abrindo seu sorriso contagioso.

— A sortuda nerd — respondeu Ruth, deixando o quarto para se arrumar.

DOIS

Sabão estava deitado no chão da sala e levantou as orelhas ao perceber o som da porta se abrindo atrás dele. Rapidamente, virou-se para ver quem poderia estar invadindo seu território. Sarah, Ruth e Albert entraram e o cão mordeu animado sua bolinha de borracha, como se os convidasse a brincar. Albert, sem energia, fez um carinho rápido na cabeça do cachorro.

— Albert, se anime, por favor! — incentivou a mãe.

— Ah, eu estou pensando... será que o que aconteceu hoje pode ser mau sinal? — perguntou Albert.

Então ele relembrou seu dia no colégio, que podia ser resumido da seguinte maneira:

Assim que entrou no pátio da escola, alguém virou uma tigela inteira de macarrão instantâneo em seu cabelo. Outro menino se ofereceu para ajudá-lo a se limpar e disparou um extintor de incêndio sobre ele. Bem eficaz.

Ele reclamou e protestou, e logo se viu pendurado pela cueca na porta da cantina.

Tentou deixar tudo de lado e foi trocar de roupa, vestindo um moletom que havia em seu armário para situações de emergência. E decidiu dar início ao seu grande plano de convidar uma menina da sua classe para sair. O seu "e aí, o que vai fazer no finde?" foi recebido com um olhar de pena e medo, que era pior que qualquer "não".

No final do dia, foi atingido no rosto por uma bola de futebol enquanto passava perto de uma aula de educação física. Realmente, um final perfeito.

— Tenho certeza de que alguma coisa boa vai acontecer pra você, filho... — Sarah o consolou. — Talvez amanhã, talvez semana que vem...

— Tomara que seja pelo menos neste ano — disse Albert. — Ou eu vou passar meu tempo livre na frente da prateleira de autoajuda da biblioteca.

Victor começou a andar de um lado para o outro pela sala, visivelmente agitado. Sua camisa não estava perfeitamente dentro da calça, como de costume, e parecia meio desabotoada e amarrotada, assim como sua testa preocupada.

— Victor, está se sentindo bem? — Sarah perguntou, atraindo a atenção de Albert.

— Você chegou tarde hoje! — Victor reclamou.

— Bem, foi você que chegou mais cedo! — respondeu Sarah. — Acabamos comendo pizza mesmo, já que você disse que não queria comemorar o prêmio que ganhou... só queria "curtir seu telescópio".

— Você tem um jeito esquisito de se divertir, pai. Ficou observando os planetas depois da cerimônia? — Ruth perguntou e aproximou-se do sofá.

— É, fiquei sim. Acho que esse é que foi o problema...

— Como assim? — perguntou Sarah, beijando Victor na testa. — Você está doente? Sua pele está gelada...

Victor murmurou algo incompreensível.

— Querido, por que você não senta aqui e conta o que está havendo? — Sarah sugeriu. — Ruth, por favor, traz um chá para acalmar seu pai!

Ruth correu para a cozinha e voltou pouco tempo depois, entregando a bebida ao pai. O líquido quente desapareceu em um gole, e a mão trêmula de Victor devolveu o copo. Sarah pegou as mãos de Victor e o puxou até o sofá.

— Algo muito estranho aconteceu no trabalho hoje — Victor começou a falar nervoso, com a voz trêmula.

— O que foi pai? Foi demitido? — perguntou Albert, sentando-se ao lado dele.

Algumas pessoas veem o trabalho que fazem apenas como uma forma de sobreviver, mas há quem também o considere o centro de sua personalidade. O trabalho dessas pessoas define quem elas são. Victor era um desses. Seus sentimentos, suas motivações e seu comportamento sempre eram ligados a seu desempenho no trabalho. Um simples erro tinha o poder de arruinar seu ânimo por semanas ou até meses. O sucesso era a única chave para sua felicidade.

— Não, não fui demitido... — respondeu Victor. — Na verdade, eu fiz uma descoberta incrível.

— Que maravilha! — disse Sarah carinhosamente. Ela lutou para encontrar os olhos do marido.

— No entanto... a ciência... — Victor buscou as palavras hesitante. — Tenho medo de... revelar... porque não é algo realista. É quase sobrenatural, pode-se dizer.

— Pai, por favor, se acalme e ajude a gente a entender por que você está tão nervoso — pediu Albert, tentando ligar os pontos.

Victor assentiu e se inclinou para a frente.

— Ao que parece, quando eu estava prestes a pegar minhas coisas para ir embora, eu vi o que parecia ser um planeta não registrado: minúsculo, verde e lindo. Incrivelmente, aparentava estar localizado entre a Terra e Marte, mas parecia aparecer e desaparecer. Eu verifiquei todas as publicações para ver se alguém já havia alguma vez mencionado esse corpo celeste.

— E? — Ruth tentou controlar sua empolgação. Ela já podia ver a foto do pai na primeira página de todos os jornais e revistas.

— Ninguém o havia mencionado! Não consigo explicar. Eu nem acreditaria em mim mesmo se não tivesse visto com meus próprios olhos e verificado duas vezes com cada telescópio e instrumento no planetário.

— Victor, que maravilha! — Sarah comemorou. — Você contou essa descoberta a alguém?

— Não, não contei — Victor respondeu bruscamente. — Não quero ser considerado maluco e ser incluído no grupo daqueles que acreditam ter sido sequestrados por OVNIs. Preciso de mais evidências para comprovar o que vi antes de relatar essa descoberta ou publicar um estudo... — Seus pensamentos começaram a vagar. — Como eu posso ser o único a ter percebido?

— Porque você é especial — respondeu uma voz retumbante.

Todos se viraram em pânico. Sabão imediatamente começou a latir para o estranho, mas subitamente parou, tão rápido quanto havia começado. Então se aproximou carinhosamente do homem que havia surgido na sala, como se fosse um velho amigo.

— Quem é você? Como entrou na nossa casa? — Victor gritou, já buscando o celular no bolso.

— Meu nome é Julius Alsky, mas, por favor, apenas me chame de Julius. Sinto muito por invadir a casa dessa maneira, mas a porta estava aberta — disse o intruso com um sorriso, tentando suavizar o clima tenso. — Eu tenho a resposta, Victor. — E olhou diretamente para ele como se fosse a única pessoa na sala.

— Do que você está falando? Como sabe meu nome? — Victor se levantou e avançou em direção ao homem, tentando não parecer intimidado.

— Ei, eu conheço você! — Albert interrompeu, levantando-se calmamente para se posicionar entre o homem e seu pai. — Você é o cara que aparece nos meus sonhos!

— É ele sim! É o homem do desenho que você fez! — Sarah exclamou em choque.

— É mesmo, não tem dúvida! — Ruth se aproximou com cuidado e analisou o rosto de Julius.

— Como isso é possível? — perguntou-se Victor, ainda mais intrigado.

— Você quer dizer o sonho do tsunami? — Julius perguntou com um sorriso no rosto e viu que Albert assentiu. — É que você teve uma Revelação... e isso é um grande dom! — Julius deu uma batidinha desconfortável no ombro de Albert. — Só podemos seguir com o convite quando alguém da família tem o sonho-chave. É quando sabemos que vocês são mesmo especiais.

— Revelação?! — Albert repetiu. Ele queria respostas, e não mais enigmas para resolver.

— É uma espécie de aviso, cada sonho tem um sentido diferente. O seu era sobre você e sua família deixar a Terra para ir a um lugar destinado aos Escolhidos — disse Julius, sentando-se no sofá, enquanto que toda a família Klein permanecia em pé, sem conseguir falar. E um longo silêncio preencheu a sala.

— Deixar a Terra? — Albert queria se certificar de que havia ouvido direito.

— Ei, espere aí — Victor interveio, com um tom mais rude. — Pra começar, ninguém da minha família vai a lugar algum. Segundo, eu exijo que você explique quem é você e o que está fazendo com meu filho...

— Se vocês decidirem ficar, eu respeitarei essa decisão, Victor — Julius o interrompeu, acrescentando um sorriso à resposta.

— E para onde iríamos? — perguntou Ruth intrigada.

— Para Gaia — disse Julius.

Todos se entreolharam. Ele havia dito a palavra misteriosa.

— O que você disse? — Victor suavizou o tom.

— Gaia? — repetiu Albert, sentando-se no sofá, sentindo como se não tivesse mais controle de seu corpo. Tudo parecia muito surreal e ele era prático demais para aceitar que aquilo poderia, de fato, estar acontecendo.

— Isso mesmo. Gaia é o nome do planeta que você viu hoje, Victor — Julius confirmou.

— Bem, pelo menos isso prova que Albert não é maluco... nem o papai... — Ruth disse para suavizar a situação.

— Então o planeta existe mesmo? — perguntou Sarah.

— Com certeza — Julius ratificou. — Só que o planeta fica invisível para aqueles que não estão preparados.

— Isso é algum tipo de piada? — Victor continuou buscando em sua mente possíveis lapsos de segurança do observatório. — Deve ser alguém do escritório que...

— Posso lhe garantir que nunca brincamos sobre esses assuntos. Nós permitimos que você descobrisse Gaia porque você estava pronto. Com sua permissão, deixe-me explicar tudo.

Julius ficou em pé e jogou um pequeno objeto quadrado verde no ar, que ficou parado, flutuando. Ele deslizou os dedos sobre a superfície do objeto, aumentando-o para o tamanho de uma televisão.

— Gaia tem aproximadamente um quinto do tamanho da Terra, mas com uma gravidade similar. — Conforme Julius começava seu discurso, a imagem de um pequeno planeta esmeralda, protegido pelo que parecia ser uma bolha, foi projetada pelo objeto como um impressionante filme em 3D. — Sua superfície é composta de 85% de água e 15% de terra. O mecanismo deu um zoom no planeta, mostrando uma massa de terra na forma de uma aranha, cercada por águas cristalinas. — Gaia também contém quatro ilhas principais, todas com maravilhosas reservas ecológicas. Apenas 2 milhões de habitantes residem no planeta.

Julius fez uma pausa para verificar se todos ainda estavam acompanhando sua explicação. A curiosidade da família havia sido aguçada e aumentava a cada frase daquele homem.

— Em termos de desenvolvimento, Gaia está infinitamente à frente da Terra. Nossos ancestrais esforçaram-se para criar um ambiente em que a ciência, a natureza e os mistérios da vida ficassem intimamente ligados; um mundo em que paz e harmonia fossem atingíveis. E, em determinados momentos da história, Gaia abre suas portas para escolher indivíduos de terras distantes. Este é um desses momentos. Como sou um dos principais coordenadores do planeta, fui enviado como um embaixador especial para recebê-los e dar-lhes as boas-vindas.

— Mas o que faz sermos tão especiais assim? — perguntou Ruth, comprimindo seus olhos verdes em uma mistura de curiosidade e desconfiança.

— O mais importante é que vocês possuem os mesmos ideais que nós — resumiu Julius. — Mas não temos dúvida de que o vasto conhecimento e a curiosidade intelectual de Victor Klein nos ajudarão em nossa compreensão do universo. E que a bondade e o respeito de Sarah pela natureza são admirados em sua cidade. E sabemos que Ruth e Albert herdaram uma rara combinação de razão e intuição. Traços como os de vocês são bem-vindos, amados e respeitados em nosso mundo. Por essa razão, a porta foi aberta a todos da família.

Julius diminuiu o tamanho daquele estranho dispositivo e o desligou.

— Não tenho ideia do que dizer — Sarah confessou, sentando-se ao lado de Albert no sofá, completamente deslumbrada com a descrição.

— Como vocês nos encontraram? Quer dizer, como podem saber tanto sobre nós se vivem em Gaia? — Albert perguntou.

— Temos informantes de Gaia estacionados aqui na Terra — Julius revelou. — São pessoas comuns, espalhadas em alguns países selecionados. Elas têm monitorado vocês.

— Tudo isso é bem intrigante, para dizer o mínimo — disse Victor. — Mas não acho que devemos aceitar essa... “oportunidade”.

— Então devo dizer que vocês perderão a chance de mudar sua vida para sempre, de morar no mundo de seus sonhos, de criar seus filhos com saúde e paz. Gaia é uma terra que parece mágica, mas é real. — Conforme ia falando, Julius olhava nos olhos de cada um.

Sarah se voltou para Victor e falou com seu tom de voz mais meigo.

— Querido... sabe, eu sempre quis viver em paz em um lugar em que soubéssemos que nada poderia colocar nossa família em perigo. Como podemos negar a nossos filhos a chance de serem realmente felizes?

— Mas nós somos felizes! — Victor respondeu sem meias palavras.

— Somos? Eu me atrasei poucos minutos esta noite e você já estava preocupado — continuou Sarah. — Nós sempre ficamos preocupados quando as crianças demoram para voltar à noite... Você se lembra de como se sentiu depois que os vizinhos foram assaltados? O bem-estar da nossa família deveria ser nossa prioridade.

— E segurança não deveria ser sua única preocupação... — continuou Julius. — Você negaria à sua família a possibilidade de fortalecer seu sistema imunológico a ponto de nenhum vírus ou bactéria poder fazê-los adoecer? Victor, você jogaria fora a chance de ficar ainda muitos anos vivo e saudável para estar com sua família? A expectativa de vida de um habitante de Gaia é atualmente cerca de 200 anos.

A expressão de Victor mostrava que ele tendia a concordar com Sarah, mas ele não era o tipo de pessoa que cedia facilmente a um argumento.

— Se nós formos, você não acha que as pessoas vão se perguntar o que aconteceu conosco? — ele argumentou, cruzando os braços.

— Nós cuidaremos disso — Julius interveio. — Vamos inserir lembranças na mente daqueles que tiveram contato com vocês ao longo da vida. Eles vão acreditar que vocês viajaram para outro país. Toda vez que pensarem em entrar em contato, vão imediatamente mudar de ideia.

— Isso significa que vou ter de deixar todos os meus amigos? — perguntou Ruth, mostrando certa relutância.

Victor imediatamente se virou para Sarah, como se fosse começar a argumentar.

— Viu? Eles têm amigos aqui!

— Eu não tenho — disse Albert. Em um minuto ele reviveu todos os momentos de solidão que teve; suas festas de aniversário em que ninguém foi, as viagens e as confraternizações para as quais nunca foi convidado, todas as ocasiões em que foi escolhido por último para o time.

— Ruth, a felicidade às vezes exige sacrifício — disse Julius.

— Isso é verdade, Ruth, ele está certo — disse Sarah. — Além do mais, você faz amigos em qualquer lugar!

— Mas... — Victor respirou longa e profundamente. Podia ver que sua família já estava tomando uma decisão, mas tinha de se certificar de que não estavam caindo em uma armadilha. — E se, depois de alguns dias em Gaia, nós decidirmos voltar à Terra?

— Então algumas providências terão de ser tomadas, obviamente — Julius respondeu. Ele olhou pela janela o céu apinhado de estrelas. — Eu seria forçado a fazer vocês desaparecerem completamente.

Todos arregalaram os olhos e abriram a boca simultaneamente, por instinto. Julius explodiu em uma risada.

— Desculpe-me, não consegui resistir à brincadeira — ele continuou a gargalhar até dissipar o riso. — Há um período de 30 dias para vocês decidirem se querem permanecer ou não em Gaia. Caso escolham voltar à Terra, ninguém, incluindo vocês mesmos, irá se lembrar de que um dia tudo aconteceu.

— E como você pode nos garantir que vamos poder voltar em 30 dias se mudarmos de ideia? E se tivermos problemas físicos por causa dessa experiência? — Victor questionou.

— Vocês vão ter de confiar em mim — Julius declarou. — Só que 30 dias é o limite. Depois disso, não podemos garantir mais nada.

A família ficou sentada em silêncio. Apenas a respiração de Sabão era audível, e era como se ele tivesse caído no sono sob o feitiço da voz de Julius.

— Trinta dias me parece razoável — disse Ruth finalmente. — Vamos considerar isso como férias das quais não vamos nos lembrar!

— Perfeitamente sensato seu comentário, Ruth. Não pensem que estão deixando suas vidas para trás, só tirando uns dias para descobrir um mundo novo e melhor. É isso. — Julius deu o assunto por encerrado e aguardou o veredito.

— Eu opto por ir — opinou Albert, olhando para a mãe, como se estivesse aguardando que ela o apoiasse.

— Eu não quero perder a oportunidade de descobrir esse lugar ideal que ele está falando, onde apreciam tudo o que eu valorizo — Sarah concluiu.

Todos os olhos se voltaram para Victor.

— Bem... Estou longe de ter qualquer certeza sobre esse assunto — ele disse. — Mas não quero ser aquele que veta tudo... e... sei lá, acho que posso tirar umas férias...

— Fico feliz que vocês todos tenham tomado a decisão certa. — Julius sorriu em triunfo. Então, jogou seu dispositivo mais uma vez no ar. O objeto ficou suspenso, mantendo seu tamanho original. — Por favor, não fechem os olhos e evitem piscar muito... — ele pediu.

Sarah apertou fortemente a mão tensa do marido e olhou com carinho para os gêmeos para ter uma última fotografia mental deles antes de qualquer mudança.

Antes que a família tivesse a chance de falar, o dispositivo piscou como a luz de um show, e continuou a piscar cada vez mais rápido, até que ninguém conseguiu ver mais nada.

A voz de Julius, então, sobressaiu no breve silêncio da escuridão.

— Bem-vindos a Gaia.

TRÊS

— É tão… tão… lindo — Sarah sussurrou, com seus olhos vidrados em choque.

— Este, meus prezados convidados, é seu novo lar! — Julius abriu os braços, como um mágico cheio de orgulho que acabou de fazer o truque mais espetacular.

Um mar intenso de estrelas brilhava sobre uma grande casa de tijolos situada em um pátio espaçoso. Enquanto a família Klein tentava entender o que havia acabado de ocorrer, não conseguia esconder o espanto. Até Sabão parecia igualmente vacilante e confuso.

— O que… aconteceu? — Victor sentou no chão, tonto e maravilhado. Sua atenção havia sido atraída para uma Lua cheia, brilhante, mas muito menor que a avistada da Terra. — Eu nunca imaginei... É um ângulo totalmente diferente da superfície lunar. É simplesmente… inacreditável! E quanto a isso…? — Ele notou outro corpo celestial próximo à Lua. — Não me diga que é … a Terra?!

— Uau! — exclamaram Ruth e Albert simultaneamente.

— Então Gaia fica perto da Terra, afinal… — murmurou Albert, inclinando a cabeça em um ângulo agudo, hipnotizado pela visão espetacular.

— De fato. — Julius sorriu. — Podemos entrar?

A família seguiu Julius em direção ao caminho estreito através do jardim colossal que cercava a casa, iluminado por luzes circulares flutuantes e pelo brilho natural do céu. Só pátio em si, calculava Albert, tinha mais de dez vezes o tamanho da casa inteira deles na Terra. Apesar da escuridão, Sabão de repente apareceu vários passos à frente, gemendo e farejando ao redor da base de seu novo lar, seguindo com cautela.

Aproximando-se da enorme porta, os olhos de Albert examinaram sem sucesso sua superfície em busca de uma maçaneta. A porta de repente se abriu sozinha.

— Quem tem o controle remoto? — perguntou Albert, olhando para as mãos de todos na entrada.

— A porta se abre sozinha quando vocês se aproximam — explicou Julius.

— Só me pergunto como ela pode diferenciar entre nós e...— começou Victor, mas foi imediatamente interrompido pela filha.

— Nosso cachorro mais dorme que vigia — disse Ruth, ignorando a costumeira expressão de preocupação do pai. — Desculpe, pai. Você estava dizendo que...

— Vocês estão completamente seguros em Gaia — Julius os lembrou, em uma voz reconfortante e ufanista. — Não há um crime sério aqui há mais de 200 anos.

— Isso parece utopia. Deve ter havido pelo menos um incidente — disse Sarah com descrença.

— A evolução de uma sociedade não pode ser apenas científica — explicou Julius. — Deve ser acompanhada de um desenvolvimento moral. Os gaianos valorizam acima de tudo os princípios morais e a vida ética.

A porta da frente se abriu para uma sala aconchegante com móveis e quadros similares às da residência da família Klein na Terra. Eles podiam ver que Julius e seus ajudantes fizeram de tudo para que eles se sentissem em casa e não em um ambiente novo e estranho.

Vasos com lindas plantas estavam nos cantos da sala. Atraída por um intenso perfume adocicado, Sarah tentou segurar uma rosa vermelha.

— Que louco, hein? — observou Albert, após ver a rosa passar através da mão de Sarah. — São hologramas perfeitos, como em um filme de ficção científica!

Algumas imagens em movimento, que mostravam acontecimentos importantes da vida deles, ocupavam uma parede inteira da sala. Eram vídeos de memórias que iam sendo substituídos por outros em uma movimentação constante, incluindo eventos marcantes como o casamento de Victor e Sarah, o nascimento dos gêmeos, a vez que uma bola de futebol acertou Albert na escola e outros. Nas outras paredes, eles encontraram mais uma surpresa. O pátio era visível do interior da casa, como se as paredes fossem transparentes ou feitas de vidro.

— Como isso é possível? — Ruth interrompeu, examinando cada parede. — Lá de fora parece ser feita de tijolo, mas de dentro é vidro! As paredes são invisíveis!

— Como exatamente isso é possível? — perguntou Victor perplexo.

— Os tijolos não são nada além de uma projeção de privacidade — disse Julius. — Muitos avanços gaianos, Victor, sem dúvida vão contestar os conceitos limitados aos quais vocês estão acostumados na Terra.

— Tudo é tão perfeito — disse Sarah, enquanto, ao espiar a sala de jantar, seu encantamento aumentava.

— Escadas? É isso mesmo? — perguntou Ruth, um pouco confusa com uma grande escadaria de madeira localizada no canto. — Achei que uma casa assim teria um elevador tecnológico ou algo assim.

— Bem, nós tentamos adaptar a casa ao que vocês estão acostumados, mas há um elevador tecnológico, como você diz, bem ao lado da escada. Pode ver o círculo? — Julius apontou para um pequeno círculo verde no chão. — Você precisa subir naquele ponto para...

Julius interrompeu a frase, percebendo que Ruth já havia desaparecido depois de pisar no círculo verde.

— Agora estou muito mais interessado no que existe lá em cima... — Albert caminhou em direção ao círculo, acompanhado de Julius e dos pais, e ficou aguardando a permissão dele prosseguir.

— Primeiro cômodo à direita — disse Julius, acenando para ele ir em frente.

Depois de um longo corredor cheio de quadros e equipamentos estranhos, Ruth e Albert finalmente chegaram à porta de um quarto. Houve um longo silêncio. Eles ficaram congelados, como se o tempo tivesse parado.

O quarto tinha uma cama enorme, dois quadros e um criado-mudo. E mais nada. Eles se viraram para Julius, como se esperassem que ele fizesse outra mágica. O que não aconteceu. Um olhar de decepção lentamente começou a se espalhar pelo rosto de Albert. Ele se lembrava daquela mesma sensação do Natal, dois anos antes, quando ele e Ruth queriam mountain bikes, mas cada um ganhou um par de patins usados.

— E então, o que acharam? — Julius perguntou, divertindo-se com seu joguinho.

— Bem... Você quer saber mesmo a verdade? — disse Ruth, em um tom decepcionado. Era visível que ela não conseguia conter seu desapontamento. — Não tem nem um armário! Como eu conseguirei viver sem um guarda-roupa? Precisamos fazer compras! E não tem televisão. Nem aparelho de som. E só uma cama! Dividir o quarto é uma coisa, mas dividir a cama com o Albert…? De jeito nenhum!

— Na verdade, esse será o quarto de Albert... — explicou Julius.

— Rá! Viu, Albert, você fica com o quarto vazio! — disse Ruth. E saiu da frente para deixar Albert passar.

— Mas todos os quartos são iguais... — continuou Julius, fazendo-os rir.— Deixe-me esclarecer algo. Vocês podem transformar seu quarto como quiserem. Por exemplo: cor da parede: azul; troque o quadro: Albert Einstein.

As paredes piscaram em um azul profundo e o retrato do famoso cientista substituiu uma paisagem pintada.

— Uau, você poderia ficar rico com isso lá na Terra! — disse Victor surpreso.

— Não se esqueça de que essa janela também é uma ilusão de ótica. Você pode aumentar e diminuir de tamanho. — Julius então voltou-se para Ruth. — Está vendo essas fendas nas paredes?

— É uma lareira moderna em miniatura? — perguntou Ruth, aproximando-se da fenda.

— É um guarda-roupa embutido, pode-se dizer. A fenda é onde você pega suas roupas e as deixa depois. O guarda-roupa tem uma tecnologia autolimpante; ele lava e organiza tudo o que você entrega em segundos. Se você ficar perto da fenda, aparece um menu com...

— Opções? Há opções para cobertores! — interrompeu Albert, sentando na cama e verificando o menu virtual. — Isso é de pirar! Olha só, pai!

— Ar, água, grama, areia, gel... — continuou Albert. — Não sei nem o que escolher. — Julius, você deve estar...

— Brincando! — interrompeu Ruth desesperada. — Deve estar brincando que eu vou ter de usar isso como roupa.

O menu do guarda-roupa mostrava como opções muitos tipos de uma espécie de tecido claro apenas. Nada de jaquetas modernas, vestidos de verão ou mesmo acessórios. Apenas quadrados de tecido.

— As roupas também se transformam conforme você quiser; elas podem assumir qualquer forma e estilo — disse Julius. — Você cria suas próprias roupas.

— Ah, mas isso é incrível, Julius! — berrou Ruth, ansiosa por experimentar.

— Ai, droga... — Albert sabia que teria dificuldade com aquilo, já que não tinha talento nem para combinar roupas, quanto mais para desenhá-las.

— Você consegue... — garantiu Julius. — Bem, vou deixá-los aproveitar a casa.

Voltaram para a sala e, antes de Julius sair, Sarah apertou suas mãos. Ela olhou para ele e, antes de a primeira lágrima cair, conseguiu dizer algumas palavras.

— Obrigada, Julius... Nós simplesmente amamos.

Albert estava deitado acordado na cama, completamente absorto em seus pensamentos. Ele ajustou a parede e o teto do quarto para o modo transparente, e estava fascinado com os pássaros lá fora e os animais que visitavam as árvores ao lado.

Tudo aconteceu muito rápido... os sonhos, o céu vermelho, a visita de Julius, Gaia, a nova casa... no dia anterior ele estava se sentindo completamente acabado, sem esperança de ter uma vida interessante, e agora lá estava ele, vivendo em um novo planeta que nunca imaginou existir. Claro que aquilo era muito mais que a mudança que ele esperara. E ele não poderia estar mais ansioso para explorar cada detalhe.

— Olá! Bom dia! — uma voz não familiar reverberou pelo quarto, fazendo Albert pular da cama.

Havia três estranhos no quarto: uma mulher loira baixa, de uns 40 e poucos anos, um homem atlético de pele escura e um garoto adolescente. Todos olhavam na direção dele.

Albert ficou parado, petrificado. Olhou para os intrusos por um tempo, esperando explicações. Nada.

— Quem são vocês? O que estão fazendo no meu quarto? — Albert reuniu coragem para perguntar.

— Somos seus vizinhos, a família Becker... — começou a moça. — Parece que Julius esqueceu de explicar como funciona o interfone... ele projeta imagens de quem está na porta em qualquer quarto que esteja ocupado.

— Ah, tá... entendi! Vocês não estão aqui, estão usando o interfone, então! — Albert disse. Ele passou os dedos pelos visitantes, confirmando que as imagens deles eram nada além de outro holograma perfeito. Mas então outra coisa lhe ocorreu: sua roupa. Ele tinha criado a calça do pijama com estampas de... garotas... modelos lindas... de biquíni. E ficou instantaneamente vermelho.

— Só para que vocês saibam, as meninas de biquíni... digo, as modelos artísticas... na minha calça... — Albert revirou a mente para achar uma explicação. — Eu estava testando as possibilidades do mecanismo... das estampas do tecido...

— Não conseguimos ver você… só ouvimos sua voz... — disse o homem, tentando esconder quanto estava se divertindo.

Risadas altas ecoaram pela casa e Albert reconheceu que era de Ruth. Ele rapidamente percebeu que, como as imagens dos visitantes eram projetadas em todos os quartos ocupados, sua família estava acompanhando seu comportamento atrapalhado desde o começo.

— Só espero que você não esteja no banheiro — disse o adolescente, caindo na gargalhada.

— Ah... não... não estou... — Albert tentou parecer que estava tudo normal. — Desculpe, não estávamos esperando nenhuma visita... já encontro vocês aí embaixo.

A porta da frente já estava aberta quando Albert saiu de shorts e camiseta, e viu os mesmos rostos que estavam momentos antes em seu quarto. Sabão já havia os notado muito antes, enquanto escavava o jardim, mas só agora teve a coragem de farejar cuidadosamente os pés dos visitantes.

— Bom dia! Por favor, entrem — disse Sarah, dando um passinho educado para o lado para que a família Becker pudesse passar.

Albert, Ruth e Victor ficaram atrás, observando com bastante interesse.

— Preciso dizer que estou aliviada — disse a mulher, pegando a mão de Sarah. — Estávamos esperando que chegasse outra família de Escolhidos já faz algum tempo. Sou Sophia Becker, este é meu marido George, e este é nosso filho, Nicolau.

— Prazer em conhecê-los. Sou Sarah Klein, este é meu marido, Victor, e estes são meus filhos, Albert e Ruth.

— Deixa eu adivinhar — Nicolau se aproximou de Albert para um aperto de mão. O garoto era bem parecido com o pai, exceto pela altura e pela postura. — Eles escolheram seu nome em homenagem a Albert Einstein?

— É... — respondeu Albert, apertando a mão do menino.

— Meu pai tirou meu nome de Copérnico... — disse Nicolau, enquanto Sabão o farejava.

— Pare de incomodar as visitas, Sabão. — Ruth se inclinou e pegou o cachorro nos braços.

— Sabão? — Nicolau sorriu. — E esse nome é em homenagem ao quê, especificamente?

— Sabão em pó — respondeu Ruth. — Quando era filhotinho, ele comeu quase uma caixa inteira.

— Então vocês também são uma família Escolhida? — perguntou Victor, intrigado.

— Deixamos a Terra há cinco anos e nunca nos arrependemos de nossa decisão — disse George. — Parece que temos muito em comum...

— Julius nos contou que você é astrônomo — disse Sophia, interrompendo o marido. — George era um dos melhores cientistas da NASA! — contou com orgulho.

— Uau, que ótimo! — exclamou Victor.

— Vamos ter tempo de trocar ideias depois — George disse, dando um tapinha no ombro de Victor. — Agora eu acho que vamos ter de atender a um pedido feito por Julius.

— Que tal um passeio para conhecer Gaia? — Sophia esfregou as mãos empolgada.

— Um passeio? Eu nem terminei de conhecer meu quarto... Mas topo — disse Albert.

Todos concordaram, bastante entusiasmados.

— Ótimo! — Sophia comemorou. — Julius disse que existe uma cesta de café da manhã esperando por vocês no Flyer.

— Vocês já vão entender o que é isso... — disse Nicolau, antecipando-se às perguntas.

— Onde fica a garagem da casa? — perguntou Sophia.

— Para ser sincero, não faço ideia... — disse Victor, quase com medo de se perder naquela residência enorme.

— Mas nós temos um carro? — perguntou Albert, enquanto imaginava como deveria ser um veículo gaiano.

— Não exatamente... Venha, vou mostrar a vocês. — George começou a caminhar para os fundos da casa. — As casas em Gaia geralmente têm a mesma arquitetura; não vai ser difícil encontrar.

George os conduziu para uma porta ao lado de um armário na sala de jantar. Conforme eles passavam pela porta, os degraus de uma escada em espiral apareciam e desapareciam a cada passo que eles davam.

A garagem era a parte mais tecnológica da casa: circular, simulando um céu à noite, iluminada apenas por uma Lua de aparência mais familiar, e tão perfeita que eles podiam jurar que estavam flutuando. Uma grande cápsula transparente estava colocada horizontalmente no centro da garagem, totalmente vazia.

— Aqui está! — disse George, sorrindo. Ele caminhou ao redor da cápsula, inspecionando-a.

— É igualzinha à nossa, mas nossa garagem é decorada com um oceano em vez do céu noturno — comentou Nicolau, parecendo indeciso sobre qual ele preferia.

— Acho... lindo — disse Sarah, tentando identificar uma constelação.

— Bem diferente da nossa garagem na Terra — Victor finalmente observou. Ele tinha muitas dúvidas e perguntas, mas sabia que teria de esperar pelas respostas.

— Nós tínhamos um monte de lixo na garagem... incluindo o carro — disse Ruth.

— Suponho que esta cápsula seja nosso carro, então. — Albert se aproximou e estendeu um dedo para tocar o objeto transparente.

— Não exatamente... ele dá acesso para o veículo de vocês, na verdade — disse Sophia, achando a confusão deles bem divertida.

George foi para o lado da esposa.

— A principal forma de transporte em Gaia chama-se Zoom. Ele viaja pelo sistema subterrâneo de garagens interconectadas: de lugares comerciais, casas e até no campo.

— Então é um tipo de metrô? — perguntou Victor.

— É mais ou menos isso sim — George respondeu enquanto passava a mão pela cápsula. — Mas um Zoom é capaz de andar a uma velocidade absurda. Também pode transportar qualquer tipo de passageiro.

— Vocês precisam ajustar a configuração para ativar sua solicitação de destino — disse Sophia, ansiosa para mostrar. — Olhem!

Conforme Sophia se aproximou da cápsula, uma pequena tela apareceu e ela digitou o número de passageiros. Sete assentos coloridos apareceram e preencheram o interior da cápsula.

— O Zoom vai nos levar para o Tour Center. E daí usaremos um Flyer para ver Gaia. — Nicolau informou.

— Estou totalmente perdida com isso — interrompeu Ruth. — Meu cérebro não funciona tão fácil quanto esses veículos.

Sophia colocou a mão no ombro de Ruth para tranquilizá-la e explicou.

— É como se fosse um ônibus espacial. Mas, por incrível que pareça, mesmo assim é a forma de transporte mais lenta que temos. Mas vamos, chega de conversa — ela tirou a mão impaciente. — Vamos nessa, pessoal?

— E o Sabão? — perguntou Albert. O cachorro levantou a cabeça no colo de Ruth ao entender seu nome.

— Claro que ele pode ir — Sophia autorizou, entrando na cápsula.

Albert seguiu Sophia e sentou-se na primeira fileira. Fechou os olhos e começou a fazer cálculos mentais para ver se conseguia estimar a chegada deles ao Tour Center. Nicolau o cutucou um segundo depois. Eles já haviam chegado.

QUATRO

A família Klein se levantou de seus assentos impressionada. Em vez de um shopping moderno e tecnológico, como imaginavam, o Tour Center era como um imenso jardim a céu aberto, com lagos de água cristalina cheios de peixes, flores de todas as cores existentes, árvores graciosamente podadas, e pássaros que voavam em todas as direções. Albert lutou para controlar Sabão, que ficou ansioso ao ver inúmeros outros cães que havia lá. Os pássaros que voavam baixo faziam aumentar a vontade do cão de se soltar e sair correndo.

As pessoas que passavam os saudavam com um afeto genuíno, sorrindo e estendendo as mãos para cumprimentar. A grande multidão no centro surpreendeu Albert, que já estava preocupado imaginando que iria esbarrar com homenzinhos verdes de várias cabeças. Os rostos "normais" dissiparam suas dúvidas, ao mesmo tempo que criaram outras: como era a vida deles? Quais seriam suas preocupações? Desejos? Objetivos? Quem eram os gaianos realmente, além de gente criativa que usava todo tipo de roupas coloridas?

— Este lugar é impressionante! — disse Albert. — Mas um pouquinho diferente do que eu imaginava. Onde estão os prédios modernos? Isso é como um jardim enorme…

— Deixa eu colocar assim... — respondeu Sophia. — Imagine uma família rica, mas bem modesta. Gaia é assim. Temos todo tipo de tecnologia rica e avançada, mas a população tem um estilo de vida simples, mais conectado com a natureza.

— Todo mundo parece tão feliz aqui! — notou Sarah.

— É porque somos felizes — disse Sophia, sorrindo.

— Nossa única preocupação é não termos nada com que nos preocupar! — acrescentou George, antes de conduzi-los a um banco a menos de cem metros. — O Flyer fica lá.

— Claro, você pode ver o banco. Mas até aquilo vai desaparecer quando você se sentar, — disse Nicolau.

— Para que ficar invisível? — Albert se perguntou.

— Para evitar poluição visual. É contra o Código de Gaia perturbar o céu. O Flyer também produz um som que é imperceptível para nós, mas não para os pássaros, então eles nos percebem — explicou Sophia.

— Eu me pergunto se há mais gente como nós aqui... Quer dizer, famílias de Escolhidos — disse Ruth, caminhando lentamente. Ela poderia ficar horas ali, só admirando.

— Só alguns, ou não seríamos chamados de Escolhidos — disse Nicolau.

— O processo de seleção é muito rigoroso… — George se virou para Victor. — Ei, amigo, você não parece tão empolgado quanto sua família... Algo errado?

— Tudo parece ótimo, não me entenda mal... — disse Victor. — É só que... por que eles escolhem as pessoas ditas mais avançadas para viver aqui? Quer dizer, os habitantes mais capazes da Terra deveriam permanecer lá. A Terra precisa de líderes fortes que possam ajudar o planeta a se desenvolver...

— Mas os Escolhidos estão ajudando na evolução da Terra — disse George. — Temos alguns programas para... — George perdeu a linha de raciocínio. Sua atenção foi atraída para uma mensagem peculiar deixada no banco do Flyer – grafite digital projetado por uma pequena traquitana na forma de uma chama sintética. Conforme o grupo todo se aproximava do Flyer, um olhar de surpresa cruzou seus olhos. Albert piscou, esperando ter lido errado. Mas a mensagem não poderia ser mais clara: "Por favor, não fiquem. Liberdade para a Terra! Liberdade para Gaia!".

— Que diabos é isso?... — Sophia cruzou os braços indignada.

— Esta é a liberdade de expressão de Gaia na prática — disse um homem em roupas escuras com profundos olhos negros. Estava a poucos metros do banco, usando um equipamento idêntico ao que Julius havia usado na Terra. — Este tradicional passeio parece ser uma boa oportunidade para as pessoas expressarem suas opiniões. Vou tirar algumas fotos para acrescentar aos nossos arquivos.

O homem caminhou até o grupo.

— Sou Lionel Kirk — ele continuou. — Trabalho para o Conselho no Departamento de Integração. Esse tipo de protesto é muito comum durante os 30 dias iniciais dos Escolhidos em Gaia. Alguns gaianos argumentam que não é ético Gaia interferir na Terra. Querem independência e liberdade...

— Não posso dizer que discordo — disse Victor. — A Terra deveria ser livre de interferências e livre para escolher, independentemente do rumo que as coisas no planeta acabem tomando.

— Exatamente — disse Lionel, após um olhar frio para Victor. — E Gaia deveria ser igualmente livre, sem Escolhidos. É o que algumas pessoas pensam.

— Então, há gaianos que discordam do processo de integração? — questionou Sarah.

— Desde que Ulysses se tornou presidente do Conselho, as coisas mudaram significativamente. A maioria dos gaianos apoia as diretrizes do Departamento de Integração e também aprova a ajuda à Terra. — disse Lionel de maneira monótona. — Bem... meu trabalho aqui está feito. Estou indo.

Lionel pegou o pequeno projetor, deu as costas ao grupo e se afastou rapidamente, deixando para trás a dupla silenciosa e perturbada de famílias escolhidas.

A cabeça de Albert estava a mil. Do que aquele homem estava falando? E qual seria o significado da mensagem? Ele sempre gostou da verdade e da honestidade, mas sabia muito bem quanto as palavras podem ser dolorosas. Simplesmente não estava preparado para tudo aquilo agora. Tinha grandes expectativas, e esperava que não fosse terminar em decepção ainda maior.

— Foi só eu que achei ou aquele cara foi bem mal-educado? — Ruth quebrou o silêncio, enquanto se sentava no banco como se nada tivesse sido projetado nele. — Sério, ele disse que é do Departamento de Integração, mas nem nos cumprimentou!

— Lionel não é das pessoas mais sociáveis — disse George. — Mas deixemos isso de lado! Não queremos que nada ou ninguém estrague seu primeiro dia aqui. — Ele sentou ao lado de Ruth.

— Nem o Julius quer! — acrescentou Sophia. — Olha a cesta que ele preparou para o nosso passeio!

Sophia agarrou o cesto de vidro que estava no chão e cuidadosamente o colocou em cima do banco. Depois de se sentar ao lado dele, abriu a tampa pressionando um pequeno e delicado botão na superfície. Sophia puxou o tecido vermelho e mostrou o conteúdo para todos: frutas, bolos e sucos.

— Parece delicioso, mas pensei que comeríamos algum alimento futurista! — disse Ruth.

— A comida em Gaia é muito similar à comida na Terra — explicou Sophia, passando pequenas garrafas de suco. — O diferente é a forma como eles cultivam o alimento, que eu denomino como a arte da comida: entender é energia.

Todos rapidamente se serviram. Estavam tão empolgados na noite anterior que se esqueceram até de comer, e agora seus estômagos rugiam, reclamando. Conforme começavam a mastigar a comida, não conseguiam conter o espanto.

— Nunca comi um bolo desses! — disse Albert, intrigado com como o sabor parecia multiplicar-se a cada mordida.

— Eu me lembro de dizer muito isso também no começo: nunca vi isso, nunca vi aquilo — comentou Nicolau. — Não vou me esquecer.

— Preciso admitir que nunca tive um café da manhã desses! — acrescentou Sarah, saboreando algumas uvas.

— Eu nunca nem gostei de fruta! — brincou Ruth, arrancando um pedaço de uma das maçãs de cor azul-marinho.

— Ô, coitadinho! — batia Sophia na cabeça de Sabão. O cachorro já estava babando, esperando uma distração para abocanhar qualquer coisa que pudesse. — Julius mandou uma comidinha especial para você também! — Sophia revelou um osso de curvatura estranha que instantaneamente desapareceu na boca do cachorro.

— Acredite em mim, isso não é nada mais que ração de cachorro — ela disse se virando para Sarah. — O gosto e a forma são só para agradar ao cão. Eu escolhi um com camomila para acalmá-lo quando desembarcarmos.

— Acabei de programar o Flyer! — disse Sophia. — Não se preocupe, eu selecionei uma rota incrível! Apertem os cintos que lá vamos nós!

Conforme o Flyer começou a subir gradualmente, os bancos e o chão foram desaparecendo. Sabão grunhiu com medo e saltou no colo de Albert.

— Esse Flyer é um veículo bem intrigante... — comentou Victor. — Eu adoraria saber mais sobre a estrutura dele depois...

George concordou, porque ele entendia perfeitamente como funcionava a mente de um cientista.

O Tour Center desapareceu ao longe e adoráveis casinhas coloridas começaram a surgir. Em cada telhado havia um desenho, e vistos juntos eles pareciam histórias em quadrinhos. Vizinhanças inteiras mostravam cenas cuidadosas e excêntricas: bailarinas lutando contra formigas gigantes, roupas em greve por menos lavagens, um peixe hidrofóbico tentando andar, alimentos se rebelando contra facas afiadas, e por aí vai.

— Lembre-se de que são projeções — disse Sophia. — Os residentes são incentivados a ser criativos. Muitas dessas casas vão estar diferentes na semana que vem, e vão contar uma história diferente.

Gaia não tinha postes de luz, não tinha semáforos, não tinha carros, nem mesmo ruas; apenas calçadas conectavam as casas, cercadas por parques florestais. Vista de cima, Gaia parecia uma enorme e pacífica vila rural.

O Flyer passou por vales montanhosos, praias de fazer perder o fôlego, com areia clara e água cristalina, ilhas de preservação da vida selvagem e enormes fazendas com plantações em formatos geométricos.

Apesar de todos desejarem que o passeio durasse para sempre, terminou em poucas horas. O que não foi ruim, afinal, pensou Albert, ele ainda tinha sua casa para conhecer, e essa experiência poderia ser ainda melhor.

A família tirou o resto do dia para aproveitar e explorar a casa. Contudo, primeiro, Sarah deu a Albert e Ruth duas tarefas importantes: alimentar Sabão e dar um banho nele. A primeira foi fácil. Sabão já havia comido, eles descobriram. Na entrada, perto da porta, uma tigela liberava comida para o cachorro de tempos em tempos. As refeições nutritivas vinham em forma de deliciosos doces humanos: bolos, sorvete e até chocolate. Mas esses alimentos não adiantavam para livrar o cão de seu medo natural de água. Sabão era capaz de detectar pelo tom de voz e pelos gestos de Albert e Ruth quando havia chegado a temida hora do banho. E dessa vez ele decidiu fazer uso de um poderoso aliado: o enorme quintal. Por quase uma hora, Sabão conseguiu escapar dos braços deles, correndo rapidamente pela grama e escondendo-se estrategicamente atrás de plantas, arbustos e árvores.

Entretanto, essas táticas de fuga não eram páreo para os equipamentos modernos da casa nova. Durante uma ousada escapada, Sabão acabou ativando um sensor situado engenhosamente sob a grama ilusória. No instante seguinte, o cão inesperadamente estava nadando como louco em águas de cor azul-cristal em vez de correr em solo seguro. Seu gemido de choque provocou risadas em Albert e Ruth.

— Vocês não vão acreditar no que descobri! — berrou Victor, andando na direção deles.

— Uma piscina? — disse Ruth, rindo em uníssono com Albert.

— Sabão nos fez um grande favor, pai! Aposto que agora ele se arrepende — disse Albert, correndo para agarrar a coleira do cachorro enquanto ele nadava para a beira da piscina. Victor só conseguia rir.

— Traga esse cachorro maluco aqui — Victor exigiu. — Eu localizei o que parece ser uma máquina de dar banho em cachorros, dentro de uma casinha coberta de flores, se é que pode se chamar assim. Venham ver!

Victor voltou na direção de onde veio, fazendo sinal para os gêmeos o seguirem. Após escalar um pequeno morro, eles entraram em uma casa compacta, ainda grande o suficiente para entrarem sem precisar se abaixar. Uma caminha baixa com almofadas espalhadas preenchia o espaço, junto a todo tipo de brinquedo para cachorro.

— Olha só seu quartinho, Sabão! É incrível! — disse Albert, suando para controlar o cachorro, que estava violentamente esperneando e chutando em seus braços.

— Não o solte ainda! — instruiu Victor, abaixando-se e agarrando um estranho equipamento que parecia mais uma sela. — Olha o que eu encontrei! — ele disse, vendo Albert intrigado. — Minha veia científica diz que isso aqui é para lavar animais de estimação!

— Isso eu quero ver — disse Ruth, sem se convencer.

— Vamos descobrir! — disse Victor.

Victor colocou a sela no animal amedrontado e o objeto começou imediatamente a se alongar elasticamente pelo corpinho dele. Só o focinho e os olhos de Sabão estavam visíveis agora. O aparelho ficou vermelho e uma tela virtual apareceu acima dele com algumas opções:

Ciclo rápido
Ciclo completo
Ciclo completo/massagem

Albert apertou a terceira opção, esperando acalmar o animal aflito. A máquina foi imediatamente ativada, passando a emitir um zumbido baixinho. Sabão, parecendo um super-herói, caiu em um estado hipnótico pelos dois minutos seguintes. De repente apareceram mais opções:

Secagem
Secagem/odor antialérgico
Encerrar ciclo

Sem hesitar, Albert apertou a segunda opção. O cheiro ruim de Sabão costumava ser detectável vários cômodos adiante. Albert queria acabar com aquilo de uma vez por todas.

A sela começou a se retrair e voltou para o tamanho e cor originais. Sabão abruptamente recuperou a consciência e se libertou da área de lavagem.

— Vem cá, meu bebezinho lindo! — disse Ruth, superfeliz. — Finalmente você está fazendo jus a seu nome, Sabãozinho! E olhe para suas unhas. — Ela verificou cada centímetro do corpo dele.

Sabão abanou a cauda rapidamente enquanto seus latidos satisfeitos ecoavam pela casa.

— Acha que ele gostou do banho? — perguntou Albert retoricamente. — De hoje em diante, ele vai poder tomar banho diariamente — disse Victor, contemplando os mistérios que o aguardavam no chuveiro para humanos.

Aproveitando a deixa, Ruth e Albert avançaram para a piscina, que logo se transformaria na sua parte preferida da casa. Como a maioria dos equipamentos de Gaia, a piscina oferecia várias opções, como água do mar, água doce ou água mineral. O piso podia ser transformado de grama em areia, rocha ou qualquer combinação de inúmeras opções. A descoberta mais impressionante, porém, era a opção "caverna", onde eles podiam nadar entre peixinhos em uma água verde profunda em meio a rochas cristalinas.

Enquanto isso, Sarah ainda estava tentando descobrir como usar os aplicativos e localizar os ingredientes necessários para preparar um almoço tardio. Ao buscar em vão pelo forno, acabou por encontrar um curioso aparelho no armário da cozinha. Após manipulá-lo ao acaso, não conseguiu evitar de gritar a expressão favorita de Victor: "Eureca"!

O armário não apenas mostrou uma enciclopédia digital de receitas, com centenas de opções, mas também preparava qualquer refeição escolhida por Sarah em poucos minutos. Quando a comida já estava pronta, a mesa se punha sozinha: sua superfície se abria mostrando copos ornados lindamente dispostos e finos talheres.

— Acho que o almoço já está pronto! — disse Sarah, sorrindo.

A família foi chamada imediatamente e reuniu-se ao redor da confortável mesa de jantar. Os temperos e as ervas exóticas de Gaia davam um sabor refinado à comida.

Pouco depois do término do almoço, a imagem de Julius apareceu na parede da sala de jantar.

— Devo dizer que está uma tarde excelente — ele disse em sua voz profunda. — Espero não ter chegado em uma hora ruim.

— Boa tarde, Julius! Por favor, venha para a sala de jantar — disse Sarah, rapidamente se levantando de sua cadeira em direção à porta da frente para recebê-lo. Eles retornaram logo em seguida, entrando juntos na sala.

Julius se aproximou da mesa e tirou a mão direita de trás das costas, mostrando um objeto escondido por baixo de um embrulho colorido.

— Que é isso? — perguntou Ruth, agarrando o pacote. — Deixe-me abrir...

— Obrigado, Julius, mas não queremos ficar mimados... — disse Victor.

— Acho que já estamos! — disse Sarah. — A mesa se arruma sozinha, o armário cozinha e lava os pratos... os quartos se limpam sozinhos.. É a casa perfeita!

— Brownies! — Ruth mostrou o conteúdo de um pacote desembrulhado.

— Uau, você já sabia! — Albert se esticou agressivamente pela mesa. — É minha sobremesa preferida!

— Eu mesmo fiz! E não usei o armário. Espero que vocês gostem — disse Julius.

— Por favor, junte-se a nós — disse Sarah, apontando para uma cadeira livre ao lado de Albert. — Venha, vamos saborear seu presente juntos.

Julius aceitou educadamente o convite de Sarah e se sentou ao lado de Albert. Depois que a família praticamente devorou a deliciosa sobremesa, ele sabia que era o momento perfeito para dar a notícia.

— Fico feliz que vocês todos tenham passado um ótimo dia com a família Becker e que tenham gostado da minha sobremesa... Mas não foi por isso que vim. — Julius fez uma pausa de um segundo, como se quisesse criar certo suspense. — Eu gostaria de entregar a vocês estes EMOs (Equipamentos Microscópicos de Oricalco). — Julius passou um objeto quadrado minúsculo e semitransparente a cada um deles. — Amanhã será o primeiro dia de escola para Ruth e Albert. Vocês certamente precisarão disso.

Cada quadradinho media menos de meio centímetro e pesava um pouco menos de uma folha de papel.

— Esse aparelho é igual àquele que você usou na Terra quando nos contou sobre Gaia? — perguntou Albert, examinando o pequeno quadrado.

— Com uma exceção: este não permite nenhum tipo de viagem interplanetária. Nenhum gaiano é autorizado a fazer isso — disse Julius.

— Então o que é exatamente um EMO? — perguntou Victor.

— Um EMO é um equipamento inteligente de alta velocidade feito de partículas microscópicas de oricalco, um composto mineral auto-organizável. Para resumir, ele realiza várias tarefas; é mais que apenas uma combinação de computador, telefone e televisão.

— Televisão? — perguntou Ruth, já curiosa sobre os programas.

— Sim, você só precisa expandir o tamanho conforme desejar — disse Julius. Para demonstrar a flexibilidade do EMO, ele deslizou a ponta do dedo para uma lateral da minitela, alargando o quadrado até o tamanho de uma TV de 70 polegadas.

— Preciso avisá-los que a experiência pode ser um pouco opressiva inicialmente — continuou Julius. — A tecnologia rouba suas posições como espectador para integrá-lo como um personagem da cena. Vocês de fato irão acreditar que estão vivendo em todos esses filmes e desenhos.

— Legal! — aprovou Albert.

— E quanto a mim e Sarah? — Victor perguntou. — Suponho que eu começo a trabalhar amanhã, certo?

— Temos grandes planos para vocês dois... — começou Julius. — Sarah vai trabalhar com Sophia pesquisando compostos florais. E você, Victor, vai trabalhar com pesquisa e exploração de galáxias.

— Por mim, é ótimo ser útil! — Sarah declarou, empolgada.

— Bem, pesquisar outras galáxias parece bem interessante de fato — disse Victor.

— Mas primeiro vocês precisam completar seus estudos — declarou Julius.

— Ora... você sabe bem que tenho doutorado — disse Victor. — Já dei palestras por todo o país. Sou o diretor de um planetário famoso e dediquei minha vida à pesquisa...

— Victor, exigimos diferentes tipos de estudos que hoje estão além da sua imaginação. Você vai entender a história de Gaia, nossa ciência secreta, o contexto dos sonhos, símbolos, energia vital, numerologia, astrologia...

— Sonhos e numerologia? Lamento, mas não tem como eu levar isso a sério! — Victor lançou um olhar furioso para Julius e pela primeira vez seus pensamentos voltaram à Terra.

— Victor... — Julius respirou fundo. — Gaia ensina muito sobre novas possibilidades. Certo ceticismo é difícil de superar, mas a verdade se revelará no momento oportuno.

— Querido, que mal há em experimentar algo um pouco diferente? — perguntou Sarah buscando a mão do marido.

— O progresso requer que vocês estejam livres de preconceitos — acrescentou Julius. — Há um motivo pelo qual temos essas disciplinas.

— Talvez eu não esteja lá tão disposto a começar todo esse processo de me tornar um cidadão de Gaia — disse Victor, recostando-se na cadeira. — Ainda acho que eu poderia ser mais útil na Terra, trabalhando para avançar o conhecimento por lá.

— Victor, por favor, pense no bem-estar da nossa família — disse Sarah, apertando a mão dele com força.

— Pai, não custa você pelo menos tentar, dá uma chance — disse Albert, confuso pela direção desconfortável que a conversa havia tomado. Contudo, a atitude de seu pai não era exatamente uma surpresa.

Estar longe dos amigos na Terra não seria um problema para seu pai, já que ele não tinha nenhum, apenas colegas cujo nome ele frequentemente esquecia. Ficar longe dos parentes também não era um problema, já que não havia nenhum vivo; desde pequeno Victor teve de aprender a depender apenas de si mesmo para ser alguém na vida. No entanto, ficar longe do trabalho... bom... isso podia ser uma questão delicada. Albert não conseguia se lembrar da última vez que seu pai havia tirado férias ou mesmo faltado por ficar doente.

E não era só isso. Basicamente, ele não tinha nenhum interesse além de trabalho e ciência. Filmes, esportes, música e viagens estavam completamente ausentes da vida de Victor. Então, pedir que seu pai ficasse longe do papel que o definia era de fato algo um pouco exagerado. De agora em diante, seu pai seria uma bomba-relógio. A paciência não era uma de suas virtudes e, se o mantivessem longe do trabalho por muito tempo, as consequências poderiam ser desastrosas.

— Vou dar uma chance nos próximos 28 dias... — Victor finalmente declarou. — Só prometo isso.

— Considero justo — disse Julius, levantando-se da cadeira. — Então vejo você e Sarah amanhã. Eu me ofereci para ser o mentor de vocês.

CINCO

No dia seguinte, Albert acordou ansioso para ir à escola. Gritos ecoaram pela casa quando ele descobriu que sua cama estava quase congelada. A temperatura do colchão continuou a cair até ele se levantar. Antes, Sabão já havia tentado acordá-lo, mas sua língua pegajosa não era páreo para aquele tipo de despertador.

— Primeiro dia de aula… — Albert respirou fundo, enquanto tentava imaginar o que vestir.

Ele finalmente estava pegando o jeito de criar suas roupas. Primeiro, tinha de escolher o formato geral, como roupa de cima ou de baixo, camisa, pijama, roupão de banho, jaqueta, meias, boné, sapatos etc. Então, tinha de acrescentar uma especificação, por exemplo bermuda, calça esporte, calça cargo, calça social, calça de moletom etc., tudo completamente ajustável. Depois disso, ele tinha de escolher o tecido: couro, jeans, algodão, poliéster, veludo, lã, lycra e vários nomes dos quais ele nunca tinha ouvido falar... E, para terminar, ele poderia desenhar estampas personalizadas ou simplesmente escolher entre as já existentes: formas geométricas, animais, traquitanas eletrônicas, frases engraçadas, desenhos, rostos etc.

— Hora de criar uma ótima primeira impressão — ele disse em voz alta.

Contudo, ele iria ficar no básico. Como sempre ouvia, menos é mais. A última coisa que ele queria era atrair atenção demais em seu primeiro dia de aula. Calça cinza, camiseta branca e uma jaqueta preta seria suficiente.

Ele estava se esforçando bem para não criar mais expectativas; afinal, elas são janelas para a decepção. Entretanto, não podia evitar desejar coisas que não havia tido antes: amigos... popularidade... garotas... sentir que faz parte de um grupo...

A mensagem projetada no banco ainda estava em sua mente... era um lembrete de que o pior podia acontecer. E se ninguém gostasse dele? E se o tratassem como um invasor ou um estrangeiro idiota?

O pânico começou a tomar a mente dele e ele lutou para recuperar o controle. Precisava ficar calmo e confiante. Adolescentes provavelmente eram iguais em todo lugar, ele pensava, e eles provavelmente tinham a capacidade de detectar medo no rosto e nas ações dos outros. A autoestima era a chave para inspirar respeito e admiração.

— Hora de aproveitar a vida, em vez de só vê-la passar — disse Albert. Esse mantra trouxe um sorriso para seu rosto e ele se sentiu otimista novamente, e pronto para a aula.

Aquela não aparentava ser uma escola. Diante dos gêmeos estava uma enorme área circular cercada de árvores, com uma entrada elegante rodeada de jardins floridos. No centro do gigantesco círculo havia um prédio de três andares feito de madeira clara. O gramado bem podado era de um verde profundo e lembrava uma onda do mar quando o vento soprava.

— Nossa, parece uma cabana de conto de fadas — disse Ruth, conforme seus olhos examinavam a estrutura.

— Espere só até você ver o outro lado — disse Nicolau, recuando alguns passos para ter uma visão melhor. — Melhor irmos para a classe agora.

Muitos alunos já haviam chegado e estavam sentados no gramado conversando. Todos pareciam olhar na direção deles, o que fez os gêmeos corarem. Ruth tomou coragem e deu um passo confiante atrás dos meninos. Mas o inesperado aconteceu a Albert.

Ele se viu preso a alguma força desconhecida e poderosa que o arrastava em direção à visão mais perfeita que ele já havia visto. Por mais que ele tentasse, não conseguia escapar de um par de olhos azuis intensos que o observavam. Seu coração acelerou, suas pernas tremeram e ele sentiu que não tinha mais controle sobre o próprio corpo. Aquela beleza hipnótica fez Albert tropeçar nos calcanhares de Nicolau e ele caiu de cara na grama úmida com um baque.

Albert permaneceu no chão pelo que pareceu ser uma eternidade enquanto as risadas dos outros alunos ecoavam em seus ouvidos. Ainda assim, quando reabriu os olhos, ele percebeu que eram apenas gritos de preocupação de um pequeno grupo que se reuniu ao seu redor para ajudá-lo.

— Não mexam nele — ordenou um rapaz alto, abrindo os braços na lateral para formar uma barreira protetora. — Tudo bem com você?

— É, eu… acho que sim — respondeu Albert, relembrando o rosto angelical que ele ainda buscava na multidão. — Eu só... me desequilibrei. Só isso.

— Tem certeza? — disse uma doce voz. — Temos uma enfermeira — ela continuou, segurando o braço de Albert.

— Sim, certeza — Albert confirmou, apoiando-se na menina para se aprumar. Quando ele levantou a cabeça, o anjo estava diante dele no nível de seus olhos. Lá estava a menina mais perfeita que ele já havia visto: seus cabelos eram cor de mel, suas bochechas, rosadinhas, e seus olhos azuis em formato de amêndoas irradiavam preocupação.

— Obrigado — ele gaguejou.

— Ele não sofreu nem um arranhão — disse Ruth, puxando Albert na direção oposta. — Sério, Albert? Nosso primeiro dia de aula e você já está me envergonhando?

Enquanto Ruth o arrastava para a frente, Albert lutava para dar uma última olhada na garota que o havia derrubado e o havia ajudado a se levantar. Qual era o nome dela? Quando ele a veria novamente? Ele se sentia transportado a outro tempo e lugar, e uma onda de calor percorreu seu corpo.

Caroline Carmell estava sentada sozinha em uma grande cadeira branca atrás de uma mesa de vidro, e remexia em alguns discos pequenos e brilhantes. Ao ver seus novos alunos, ela rapidamente se levantou e deu passos comedidos pela sala.

— Bom dia, Nicolau. Que maravilha você ter trazido os novos alunos! — disse Caroline, sorrindo de forma radiante. Ela era jovem, estava vestida de forma elegante, e seu longo cabelo castanho balançava. Nicolau havia dito que Caroline também era uma Escolhida, mas Albert se perguntou por que seu novo amigo não havia mencionado como ela era bonita. Ele queria ter sido avisado para que pudesse fingir que não estava impressionado. — E você, mocinha, deve ser Ruth! — Caroline gentilmente estendeu a mão.

— Sim, senhora, — disse Ruth, com a autoconfiança que Albert sempre invejou.

— Por favor, me chame apenas de Caroline — ela disse, indo em direção a Albert. — E você é...

— Albert. Ela é minha... minha... minha irmã — disse Albert, virando-se para ter um rápido vislumbre da irmã atrás dele.

— Ah, eu sei tudo sobre vocês dois — disse Caroline. — Mas eu não sabia que você tinha problemas de fala — ela disse, incitando Albert a falar novamente. — Nós certamente podemos ajudá-lo com isso.

— Ele só gagueja quando vê uma menina bonita — intrometeu-se Ruth.

Enquanto Albert olhava irritado para a irmã, Nicolau caía na gargalhada.

— Bem, muito obrigada a vocês dois — disse Caroline, enquanto seu rosto ganhava um tom vermelho leve. — Mas já devo avisá-lo que há muitas meninas bonitas em Gaia!

— Não duvido — disse Ruth, afastando-se de Albert enquanto ele tentava beliscá-la.

— Bem-vindos a Gaia e à nossa escola — disse Caroline. — Cada instrutor é responsável por uma classe. Com exceção da Educação Física Alternativa com o professor Geb, vocês permanecerão nesta sala durante todo o ano. Vamos começar em aproximadamente dez minutos — ela disse, indo em direção à sua mesa de vidro situada no centro da sala, repleta de objetos estranhos, e rodeada de poltronas brancas que formavam um semicírculo em torno da mesa. — Mas antes disso eu gostaria de familiarizá-los rapidamente com nosso conteúdo escolar, que pode ser surpreendente.

— Julius disse que a gente teria aulas particulares... — disse Albert.

— Ele está correto, obviamente — disse Caroline. — É meu dever fazer com que, em breve, vocês cheguem ao mesmo nível escolar de seus demais colegas.

Estou preparando aulas extras para vocês dois — ela explicou conforme os dirigia às primeiras cadeiras. — Por favor, sentem-se.

A poltrona se ajustou automaticamente à altura e à forma dos corpos deles e preparou seu estofamento não apenas para distribuir devidamente o peso deles, mas para garantir que eles mantivessem uma postura ergonomicamente correta.

— Então vocês todos falam a mesma língua que a gente? — perguntou Ruth.

— Bem, você sempre vai ouvir todo mundo falando assim, mas isso não significa que estão de fato "falando assim". — Notando as expressões confusas, Caroline decidiu oferecer mais explicações. — É só um truque do seu cérebro. Essa foi a forma que os fundadores de Gaia encontraram para quebrar quaisquer barreiras de comunicação. No momento em que você chega neste planeta, seu cérebro se adapta a essa ilusão. É a única alteração permitida aos Escolhidos.

— Interessante... mas um pouco assustador ao mesmo tempo... — disse Albert. Seus pensamentos então vagaram até seu pai. Ele definitivamente não ia gostar muito de descobrir que seu cérebro havia sido modificado sem seu conhecimento ou autorização.

— Em relação às suas aulas, vamos nos concentrar em física, química, matemática, história dos povos ancestrais e nutrição — continuou Caroline. — Nosso debate sobre ciência secreta acontece uma vez por dia

— Ciência secreta? — perguntou Albert.

— Como tenho certeza de que Julius explicou, nossos ancestrais em Gaia promoveram o desenvolvimento e o aperfeiçoamento da sociedade. Vamos investigar isso no contexto de sonhos, símbolos, energia vital e numerologia — disse Caroline.

— Não tenho ideia do que tudo isso significa, mas gostei! — exclamou Ruth, empolgada pelo mistério dos temas exóticos.

— Foi votado como tema preferido dos alunos nas nossas pesquisas anuais — informou Caroline. — Um tema muito sério que gostaria de lembrá-los é o uso de Intensificadores. Eles são estritamente proibidos na sala de aula.

— Intensificadores? — perguntou Albert.

— Vejo que Julius deixou de informá-los — disse Caroline, desaprovando. — Intensificadores de visão e audição de longo alcance não podem ser usados nesta sala. Os alunos os usam para colar nas provas. Se eu descobrir que estão sendo usados, será um motivo para expulsão automática.

— Entendi — disse Albert. — Mas o Julius não nos disse nada sobre isso.

— Intensificadores são estimulantes naturais que produzem efeitos fortes mas temporários nos neurônios cerebrais — explicou Caroline. — Foram desenvolvidos após anos de pesquisa e não têm efeitos colaterais. Existem tanto na forma de goma de mascar quanto em líquido... Mas não devem ser usados em nenhuma circunstância na minha sala.

— Audição de longo alcance — repetiu Ruth, imaginando situações em que isso poderia ser vantajoso.

— Deve haver outros tipos também — disse Albert, com sua imaginação a mil.

— Ah, sim — disse Caroline. — Mas agora é hora de começar a aula.

Aproveitando a deixa, vários alunos começaram a entrar na sala de uma vez só. Albert e Ruth se levantaram de seus assentos instintivamente, ficando ao lado de Caroline enquanto esperavam mais orientações.

Os assentos foram sendo preenchidos um a um, mas todos os olhos permaneceram fixos nos alunos Escolhidos. Albert contou 16 alunos, bem menos do que ele se lembrava de sua última escola, depois simplesmente olhou para o chão para evitar os olhares observadores que agora estavam todos nele.

— Bom dia a todos! — disse Caroline, batendo as mãos e esfregando-as ansiosamente. — Hoje, como vocês todos sabem, é um dia muito especial. Nossos novos alunos Escolhidos finalmente se juntaram a nós! Como bons anfitriões que eu sei que vocês são, por favor, deem as boas-vindas a Albert e Ruth para a melhor instituição do nosso humilde planeta.

Aplausos ruidosos misturados a gritos preencheram o ar. Enquanto os gêmeos estudavam cada rosto, um olhar frio de um dos alunos provocou arrepios em seus corpos.

— Nossos novos convidados primitivos — disse uma menina com cabelo castanho ondulado e olhos escuros de formato bem arredondado, que encarava friamente Ruth. — Espero que tenham sido examinados.

Albert sentiu seu rosto queimando de vergonha; ele queria muito dizer algo de volta, mas não era bom em respostas rápidas. Apenas voltou a cabeça para o chão branco.

— Isadora! — gritou Caroline. — Como ousa dizer uma coisa dessas? — Caroline lançou um olhar reprovador para a garota, que se afundou de volta na cadeira.

— Apenas se lembre de que terráqueos são animais — disse Ruth abusadamente. — Eles atacam quando ameaçados.

Com isso, Albert ergueu a cabeça e juntou-se aos outros alunos, que irromperam em uma risada barulhenta.

— Ruth, Isadora. Parem com essa bobagem imediatamente — reclamou Caroline.

— Foi ela que começou — disse Ruth. — Eu tenho o direito de me defender.

— Muito bem. Mas vocês duas ouviram o que eu disse — Caroline enfatizou, olhando para as duas. Ela então pegou seu próprio EMO da mesa e reconfigurou a disposição da sala de aula. O semicírculo de poltronas se expandiu, dando espaço para dois assentos a mais, que apareceram entre Nicolau e uma menina de vestido azul.

— Violet e Nicolau, vocês não se importam que nossos novos alunos se sentem entre vocês, certo?

— Está brincando, professora? — disse Nicolau, deixando o clima mais leve. — Seria uma grande honra — ele acrescentou em um tom formal.

— É um prazer — concordou Violet. Albert reconheceu aquela voz angelical enquanto andava na direção dos assentos vazios.

Violet... ele repetia o nome dela em sua mente. Quando seus olhos se cruzaram novamente, ele imediatamente sentiu as pernas ficarem mais fracas. A ideia de passar não apenas as próximas horas, mas possivelmente todo o ano escolar sentado ao lado dela era um pouco angustiante. Antes que se desse conta, ele estava congelado na frente de seu assento. Permaneceu em um estado semiconsciente até uma mão agarrar sua jaqueta e o puxar para baixo.

— Não precisa esperar minha permissão para se sentar ao meu lado, cara! — Nicolau riu, soltando a jaqueta dele.

Albert percebeu então que o pior havia acontecido. A única coisa que ele tinha de fazer era se sentar ao lado de Violet, mas nem isso ele foi capaz. Agora só lhe restava fingir que não estava furioso consigo mesmo e aceitar o fato de que sua irmã ia sentar-se entre ele e... Violet. Perfeito. Isso não seria nada constrangedor.

— Ligue seu EMO — aconselhou Nicolau, fazendo sinal para que Albert copiasse seus movimentos. Ele deslizou o dedo pelo canto e apertou. O equipamento se fixou nos braços da poltrona, formando uma superfície oval.

Violet mostrou a Ruth como fazer o mesmo, mas algo aconteceu quando ela terminou. Inicialmente, o equipamento ficou vermelho, então começou a piscar levemente. De repente, uma mensagem tomou toda a tela, escrita em letras grandes:

"Aviso número 1 de 3: Caiam fora de Gaia! Beijos, Isadora".

— Você devia mostrar isso a Caroline! — Violet aconselhou, levantando a mão para chamar a professora.

— Não há necessidade disso — sussurrou Ruth, agarrando o braço de Violet. — Essa menina quer chamar atenção e não vou entrar no joguinho dela.

— Acho que você tem razão... — concordou Violet, recostando-se na cadeira.

Caroline colocou seu EMO de volta em sua mesa e agarrou um dos discos brilhantes que estavam ali espalhados. Voltou à frente da sala de aula e, antes de falar com os alunos, jogou o disco para cima. Ele permaneceu no ar por alguns segundos, então se transformou em um holograma de um menino dormindo tranquilamente em uma cama.

— Agora vamos dar início à nossa aula de ciência secreta — começou Caroline. — Vocês se lembram da nossa discussão sobre sonhos. Nossos convidados Escolhidos souberam de Gaia por meio de sonhos. Quem gostaria de comentar sobre esse fenômeno?

Um garoto magrelo com cabelo espetado foi o primeiro a responder.

— Há três tipos de sonho: de reflexão, emocional e revelação — ele disse. As três palavras mencionadas apareceram em cada equipamento pessoal.

— Muito bem, Dilson. Você pode explicar as diferenças?

— No sonho de reflexão, você se lembra de coisas de seu dia, de coisas que o preocupam, como responder a um teste-surpresa — disse Dilson, atraindo risadas abafadas da classe. — O sonho emocional se refere a memórias importantes da sua vida. Como sonhar com um cachorro que você já teve. O sonho de revelação é mais complicado.

— Alguém quer acrescentar alguma coisa? Por que o sonho de revelação é mais complicado como Dilson disse? — Caroline olhou para a sala procurando voluntários. Violet levantou a mão. — Sim, Violet?

— Eles carregam mensagens ou conselhos, coisas assim. Eles podem avisar sobre coisas. Mas, às vezes, você não sabe quando estão acontecendo. É a parte difícil. Você pode pensar que é outro tipo de sonho e estar enganado — disse Violet.

— Geralmente, esses sonhos são guardados na sua memória, porque o processo libera muita energia — acrescentou Nicolau. — Mas temos de analisar a mensagem relevante do sonho, para não esquecer depois.

— E como podemos analisar um sonho de revelação, Akil? — perguntou Caroline, apontando para um menino com cabelo loiro bagunçado. Ele estava jogado na carteira, com um sorrisinho confiante.

— É tipo assim — ele começou. — Cada detalhe do sonho pode ser a chave que o decifra. Sonhos usam imagens comuns como símbolos.

O holograma do garoto que estava dormindo se remexia e virava, e uma nuvem branca se formou sobre ele, contendo uma imagem borrada dele caindo por um buraco.

— Então o que o sonho do menino conta a vocês, Akil? — Caroline apontou para a imagem.

— Bem... não é como se ele fosse cair em um buraco da vida real, mas o sonho está dizendo a ele que algo inesperado vai acontecer e é melhor que ele preste atenção.

— Obrigado, Akil — disse Caroline. — Albert, Ruth, alguma pergunta por enquanto?

— É um assunto interessante — murmurou Albert. — Mas as pessoas na Terra não parecem dar importância a isso.

— Não é bem verdade, Albert, — Caroline discordou. — No antigo Egito, sonhos e símbolos eram observados e respeitados. Há inúmeros exemplos no decorrer da história que mostram revelações por meio dos sonhos. Você se lembra do famoso Thomas Edison?

O garoto do holograma desapareceu, sendo substituído pela figura de um homem de idade, com sobrancelhas grossas e cabelo branco, que estava usando um camisolão. Albert imediatamente reconheceu o rosto que tinha visto em um livro de ciências. Thomas Edison parecia tão vivo que Albert se perguntava se ele poderia comprar um equipamento daqueles para conhecer seus ancestrais.

Thomas Edison deitou-se na cama e, em segundos, uma nuvem se formou sobre sua cabeça, mostrando a forma de uma lâmpada elétrica.

— Foi assim que ele se inspirou para inventar a lâmpada elétrica... graças a um sonho. O pensador francês René Descartes também teve um sonho de revelação que posteriormente se tornou a base para a ciência moderna.

Albert escutava silenciosamente enquanto a voz de Caroline ecoava pela sala. Esses fatos eram todos novos, e ele se perguntava por que seu pai nunca os havia mencionado.

— Você tem um livro sobre tudo isso? — Albert finalmente perguntou.

— Parece que sabemos mais sobre o planeta deles do que eles próprios — Isadora disse com desprezo.

—Você já foi avisada uma vez, Isadora — disse Caroline, apontando um dedo acusador. — Nós duas vamos ter uma conversa séria antes do almoço.

Isadora se afundou na cadeira, e sua hostilidade se transformou em receio.

Albert seguiu Nicolau e eles foram para a cantina. Enquanto discutiam o sonho misterioso de Edison, ele observava discretamente Violet, que caminhava com Ruth um pouco à frente. A cantina estava localizada do lado de fora, atrás da imponente construção de madeira da escola, e tinha uma vista espetacular. Um lago comprido e estreito cercado por centenas de tons de verde se estendia pelo horizonte.

— Que lindo este lugar. Dá uma sensação de paz — Ruth admitiu.

— É verdade — disse Violet, dando uma olhada nas mesas circulares. — Mas você se acostuma. Onde quer se sentar?

— Não precisamos de bandejas primeiro? — questionou Ruth. Ela não havia visto uma área para se servir.

— O cardápio fica na mesa — disse Nicolau, sorrindo.

— Ei, cara, tem certeza de que está bem? — interrompeu uma voz rouca. — Foi uma grande entrada hoje! — disse o rapaz, batendo nas costas de Albert.

— É... Estou bem, valeu — respondeu Albert, reconhecendo aquele rosto da multidão que havia se juntado a ele depois da queda.

— E você deve ser Ruth. É um prazer conhecê-la. Sou Phin — o garoto se apresentou, estendendo a mão para ela.

— O prazer é todo meu, Phin — disse Ruth, apertando a mão do garoto de pele morena e olhos acinzentados. Ela levou um segundo a mais para soltar a mão dele. — Como você já sabe meu nome?

— Não é comum ter uma Escolhida na escola... Me desculpe dizer, mas todo mundo já sabe seu nome — comentou Phin.

— Então, as pessoas estão curiosas para ver os novos alienígenas da escola? — perguntou Ruth.

— Exatamente — disse Phin, com um sorriso que acentuava suas covinhas. — Mas, sério, estou feliz que vocês decidiram se juntar à gente aqui em Gaia. Tenho certeza de que não vão se arrepender! E se precisar de alguém para mostrar tudo por aí... — Um olhar preocupado caiu sobre seu rosto e ele não pôde terminar a frase. — Me desculpem, com licença.

Phin se afastou, indo até Isadora, que estava visivelmente irritada. Depois que ele a beijou na bochecha, Isadora agarrou seu braço e o puxou para a mesa.

— Ele namora a Isadora? — perguntou Ruth, perplexa. — Está de brincadeira. O que ele viu nela?

— A Isadora é uma das meninas mais bonitas e populares da escola. Não deixe que a atitude dela a engane: ela pode ser bem sedutora quando quer — disse Nicolau. — Mas estou cansado da maneira como ela trata as pessoas.

Albert espiou por cima do ombro, observando Isadora com Phin e seus amigos na mesa atrás deles. Todos pareciam honrados só de estarem sentados ao lado dela.

A explicação parecia plausível. Isadora tinha uma beleza natural que resplandecia em cada gesto dela. Era uma dessas meninas capazes de cativar a atenção de todo mundo apenas com sua presença. Ela não precisava de maquiagem, salto alto ou roupas chiques. Havia nascido perfeita. Mas só por fora. A grosseria e a hostilidade podiam até apagar sua beleza, e fazia muito tempo que ele havia decidido manter distância de garotas amargas assim.

Confirmando sua avaliação, o EMO de Ruth começou novamente a piscar e a gravitar na frente dela. Ela o agarrou e o segurou entre os dedos, tentando manter a conversa particular, mas não antes de Albert conseguir ter um vislumbre.

"Aviso número 2 de 3: Voltem ao seu planetinha nojento. Beijos, Isadora."

— Bom, acho que não há dúvida de que Isadora não gostou muito da gente — Albert comentou.

— Ela sempre foi assim — disse Violet.

— Por quê? — perguntou Ruth.

— Eu sinceramente não faço ideia — respondeu Violet. — Vamos apenas esquecê-la e encontrar algum lugar para sentar.

Os olhos deles examinaram atentamente as mesas lotadas, sem sucesso.

— Parece que a gente ficou conversando demais... — Nicolau deu de ombros. — Acho que vocês meninas podem se apertar aqui. Ele apontou para a mesa mais próxima. — Albert e eu podemos nos sentar naquela mesa perto da cabeceira.

Nicolau correu para guardar lugar no banco, ignorando os olhos que agora os seguiam. A sensação desconfortável de estar sendo observado lembrava a Albert um antigo pesadelo. Por anos ele havia acordado em pânico, sonhando que chegava à escola totalmente pelado. Mesmo sabendo que era ridículo, ele abaixou o olhar para verificar novamente. Camisa, ok, calça... ok. Ainda assim, ele não podia evitar de se perguntar o que se passava na cabeça deles. Eles o viam da mesma maneira que Isadora? Como um invasor primitivo? A ideia de ser uma aberração à mostra o forçava a encontrar os olhos deles.

Seus colegas não estavam de cara fechada, mas pareciam à vontade e incapazes de mostrar hostilidade ou nojo. A maioria deles estava de fato sorrindo e outros até acenavam como para se apresentar. Albert sorriu de volta aliviado. Pela primeira vez ele era o centro das atenções de uma forma positiva. Ninguém jogava comida nele, agarrava sua cueca ou colocava adesivos de "finja que sou irresistível" nas costas dele. Ele só esperava que eles não mudassem de ideia quando o conhecessem melhor.

— Está gostando de toda essa atenção? — Nicolau perguntou a ele, com um sorriso largo no rosto. — Sabe, vocês são quase celebridades aqui... Gaianos adoram um monte de programas e filmes da Terra, então eles meio que idolatram tudo o que vem de lá... Uma menina até tem o nome de Coca-Cola, dá pra acreditar?

Eles riram.

— Então, como a gente come neste lugar? — Albert perguntou, sentando-se ao lado de Nicolau.

— Coloque seu EMO na mesa — disse Nicolau, correndo para demonstrar. Quando seu equipamento pessoal tocou a mesa, fotos de pratos coloridos apareceram na tela. — Veja, aqui está o cardápio da escola. Apenas toque no que você quer para o almoço.

— Hum… Nhoque, salada… ah, tem sobremesa… — escolheu Albert. O topo da mesa se abriu e a refeição escolhida se ergueu diante dele. Apesar de a comida ter um cheiro incrível, ele não estava tão interessado nela… estava se esforçando para dar uma espiadinha em Violet entre os corpos de vários outros estudantes que bloqueavam sua vista.

— Você não para de olhar para ela — disse Nicolau, com um sorrisinho irônico.

— Só estou… tentando ver a vista — respondeu Albert de maneira seca.

— Muito engraçado, Albert — disse Nicolau, chutando-o por baixo da mesa. — Você é um péssimo mentiroso. Além disso, o namorado dela iria acabar com você!

Essa nova revelação atingiu Albert como uma faca afiada, e ele pulou da cadeira incomodado. Nicolau riu tanto que quase caiu para trás na cadeira.

— Você está interessado nela sim! Esse olhar no seu rosto é a prova! Eu só estava brincando; ela não tem namorado.

— Só quero conhecê-la melhor — disse Albert, enquanto o vapor de seu nhoque envolvia seu rosto. — Foi ela quem me ajudou hoje. Eu apenas queria agradecer.

— É, e eu quero voltar para a Terra! — Nicolau disse, segurando a barriga. — Albert, você é uma figura.

— É, uma figura… — Albert olhou para os rostos dos outros alunos conversando.

— Sério — começou Nicolau, comendo rapidamente seu estrogonofe de camarão. — Gosto muito da Violet. Ela é superbonita e uma das mais inteligentes da classe.

— Ela parece um... um anjo — Albert deixou escapar.

— Pode-se dizer isso sim.

— Você gosta dela? — perguntou Albert, com um pensamento desconfortável tomando sua mente.

— Eu a amo, Albert! — Nicolau disse sério. — Nunca deixaria outro cara roubá-la de mim. — Ele fez uma pausa. — Estou brincando, cara. Somos só amigos!

— Bom saber… — disse Albert, percebendo que havia falado demais.

SEIS

Na esquina, Albert podia ver Ulysses parado diante da porta esperando por eles. Era empolgante descobrir que o presidente morava a poucos quarteirões de sua casa, mas também um pouco decepcionante. Ele esperava uma enorme mansão, cercada de muros, seguranças e cães de guarda salivando de raiva. Em vez disso, Albert se viu olhando para um chalezinho ainda menor que sua antiga casa na Terra.

— Por que o presidente do Conselho nos convidou para jantar? — Albert cochichou para Julius, conforme eles se aproximavam da casa. — Quer dizer, ele é o presidente... deve ser...

— Ele é um homem muito simples e extremamente amistoso... — Julius o cortou. — Não se preocupe.

Conforme eles passavam por um pequeno jardim triangular repleto de orquídeas, Albert pôde avistar melhor o presidente. Sua aparência era frágil e vulnerável, com ombros caídos e o cabelo penteado para trás. Mesmo assim, ele nunca diria que Ulysses tinha 205 anos de idade, como Julius havia confidenciado a eles.

— Boa noite! — disse Ulysses, dando alguns passos em direção ao grupo que se aproximava da porta. — É maravilhoso tê-los aqui! Confesso que eu estava ansioso para conhecê-los. Acompanhei sua seleção de perto! — ele disse, sorrindo. — Espero que estejam gostando de Gaia.

— Claro que estamos. É um lugar adorável — comentou Sarah, um pouco trêmula por causa da empolgação.

Albert havia presenciado sua mãe criando diferentes estilos de roupas durante toda a tarde e início da noite. Sua indecisão natural, combinada ao medo de estar malvestida para o jantar, a fez experimentar uma dúzia de opções. Quando finalmente escolheu um vestido longo vermelho, decidindo ser a melhor escolha, Sarah, então, focou a atenção no marido, obrigando-o a vestir um clássico smoking preto. E não parou por aí. Albert foi o próximo alvo, tendo de desfilar em um terno cinza escuro com uma gravata fina. Ele sempre odiou gravatas, um desperdício de tecido... provavelmente os gaianos nem as usavam.

Agora ele sorria e se perguntava o que sua mãe estaria pensando ao ver Ulysses vestindo uma simples calça e camiseta branca. Certamente, ela nunca poderia ter imaginado que jantar com o presidente do planeta seria algo tão informal. Eles estavam simplesmente ridículos com roupas tão destoantes e extravagantes. A noite não poderia ter começado pior.

— Ulysses é nosso presidente há mais de 50 anos — explicou Julius, batendo no ombro do presidente. — Apenas porque ele é a pessoa mais evoluída em Gaia, moral e intelectualmente.

— Não acreditem nele! — disse Ulysses. — Gaia precisa de um presidente bem bonito. E eu sou um velhinho bonito. Por isso consegui o emprego. — Ulysses fez sinal para eles entrarem na casa. — Por favor, venham.

A decoração do interior era tão simples quanto a do exterior. Poucos móveis estavam espalhados, dando à sala uma aparência minimalista, mas aconchegante. O cheiro apetitoso de refeição caseira pairava no ar.

— Obrigado por nos convidar, é uma honra estar aqui — disse Victor.

Albert não podia negar que de fato estava se divertindo ao ver o pai tentando ser simpático. Antes de tudo, ele era um introvertido por natureza, odiava jantares formais cheios de pessoas que desconhecia e conversas superficiais que costumavam preencher o silêncio. Em segundo lugar, Victor ainda estava incerto sobre Gaia, e alegava que o jantar era apenas para convencê-los – manipulá-los foi a expressão exata – a ficar. Mas a ideia de investigar Gaia e suas tecnologias avançadas o convenceram a aceitar o convite. A curiosidade era mais forte que seu desejo de evitar momentos desconcertantes.

— Por favor, sintam-se em casa. — Respirando com um pouco de dificuldade, Ulysses os conduziu ao próximo cômodo.

Uma grande mesa de madeira já estava posta com tigelas de sopa e pratos redondos com vegetais coloridos, arroz e filé de peixe. Entretanto, eles não eram os únicos na sala. Isadora estava sentada ao lado de Lionel, o representante do Departamento de Integração que eles encontraram no banco pichado.

Albert deu um passo atrás. O que ela fazia lá? Ruth lançou a ele um olhar e ele rapidamente entendeu a mensagem. Eles não podiam deixar que Isadora achasse que tinha poder sobre eles.

— Deixe-me apresentar minha família — disse Ulysses. — Este é Lionel, meu filho...

— Já nos conhecemos no Tour Center... — Lionel o interrompeu, ficando em pé rapidamente e acenando com a cabeça em cumprimento. Vestia-se como o pai, mas com uma camiseta azul. Ele examinou a aparência da família Klein, e não pôde esconder um discreto sorriso.

— Ótimo! Essa garota bonita aqui é Isadora, minha adorável netinha. — Ulysses então se virou para Albert e Ruth. — Vocês não estão na mesma sala na escola?

Albert abriu a boca para responder, mas uma resposta fria veio do outro lado da mesa.

— É, estudamos na mesma classe — disse Isadora.

— Fico feliz em saber disso, tenho certeza de que vocês todos serão grandes amigos — disse Ulysses, perdendo um sorrisinho irônico de Isadora. Ele se sentou e apontou para que o grupo fizesse o mesmo. — Estão gostando da escola, meninos?

— Estamos gostando muito, adoramos as aulas e as matérias — confirmou Ruth.

— Fiquei surpreso quando Caroline disse a data... — relatou Albert. — Vocês estão no ano 11.012? A partir de que acontecimento começaram a contar?

— Nosso calendário começou no dia em que nossos ancestrais pousaram em Gaia — Ulysses disse com uma voz calma. — Por favor, sirvam-se — ele acrescentou, começando a tomar sua sopa.

— E de onde eles vieram? — perguntou Albert, olhando ao redor da mansão presidencial.

A mansão presidencial não tinha nenhuma decoração especial, só alguns quadros. Parecia não haver nenhuma tecnologia pomposa e nem empregados. Ele se perguntou se Lionel e Isadora moravam lá também. Ele duvidava. A casa era pequena demais para três pessoas e provavelmente só tinha um quarto. Além disso, seu estilo simples só podia pertencer a uma pessoa desprendida, algo que nunca se poderia dizer de Isadora.

Lionel respirou fundo antes de explicar, em tom impaciente:

— Eles vieram de Atlântida, a civilização mais antiga e avançada da história da Terra.

— Está dizendo que o mito de Atlântida, a lendária ilha, é verdade? — Victor zombou, lançando um olhar desconfiado para Sarah.

— Não é um mito apenas porque vocês não conseguiram provar sua existência — retrucou Isadora, lentamente tocando em sua refeição.

— Por milhares de anos, o conhecimento científico e astronômico da nossa civilização evoluiu. Com o tempo, nossas viagens interestelares nos trouxeram a Gaia, um planeta não habitado que foi selecionado por possuir as condições ideais para uma nova civilização — disse Ulysses.

— Mas por que eles deixaram a Terra, para começo de conversa? — perguntou Ruth, servindo-se de um suco azul.

— Eles haviam previsto uma série de desastres naturais que acabariam jogando a Terra no caos — explicou Ulysses. — Movimentos repentinos na frágil crosta terrestre causaram tsunamis de proporções inimagináveis, submergindo Atlântida para a eternidade.

— Os atlantes deixaram o planeta definitivamente por volta de 9.000 a.C., juntamente com diversos tipos de plantas e espécies de animais — acrescentou Julius.

— Então, por que o povo de Atlântida não migrou para outro continente na Terra? — perguntou Sarah.

— As outras sociedades da Terra eram compostas ainda apenas de nômades e coletores. Os atlantes não queriam interferir no desenvolvimento humano natural — Ulysses respondeu.

— Então os atlantes vieram para Gaia... — Albert concluiu.

— Eles não eram completamente unânimes quanto a isso — disse Julius pensativo, encostando-se em sua cadeira de madeira. — Alguns estabeleceram-se no Egito após jurarem manter segredo sobre a história e o destino de Atlântida. Eles poderiam ajudar com alguns ensinamentos avançados, mas só isso.

— Não é por coincidência que os antigos egípcios conheciam procedimentos médicos complicados, como lobotomias — disse Ulysses, afastando a tigela de sopa e servindo-se de um pequeno pedaço de peixe e do que pareciam ser ervilhas roxas.

— Querem saber de algo bem interessante? — perguntou Julius olhando para os gêmeos. — Ulysses é, na verdade, descendente do último rei de Atlântida.

— Julius! — exclamou Lionel, levantando-se da cadeira. — Como um membro do Conselho você não sabe as regras da sua instituição? É estritamente proibido falar com os Escolhidos sobre a descendência dos atlantes durante o período de 30 dias iniciais. — Ele bateu o punho na mesa e lançou um olhar firme para Julius.

Um silêncio desconfortável tomou a sala. Até Isadora parecia surpresa com a reação exagerada do pai. O que havia de errado com ele? Lionel seria o que chamam de bipolar? Havia uma clara tensão entre Julius e Lionel, mas o olhar raivoso de Lionel se estendia a Ulysses também. Ou ele estava tendo um dia ruim ou não gostava mesmo de seu pai? Talvez ter o pai como presidente de um planeta por décadas não seja algo tão fácil de lidar. Da mesma maneira, ter um pai com temperamento difícil também poderia explicar o comportamento de Isadora. Será que se

Ulysses tivesse sido mais presente na vida de sua família, Isadora pudesse ter um exemplo melhor?

— Lionel, por favor, sente-se — pediu Ulysses em um tom suave. — Eles merecem saber mais sobre o novo planeta deles. Além do mais, essas regras são antigas e devem ser revistas. Vejamos, onde estávamos...

— Estou muito intrigado com o fato de os cientistas de Atlântida poderem prever terremotos ou tsunamis...

— Os cientistas não previram o tsunami — sugeriu Ulysses misteriosamente.

— Acho que já chega, pai! — Lionel o cortou. — Este também é um assunto delicado.

— Não se preocupe, Lionel, conheço meus limites — disse Ulysses com um sorriso. — O povo de Atlântida era muito avançado moral e tecnologicamente. Contudo, a sociedade era dividida entre aqueles que acreditavam na ciência secreta e aqueles que só acreditavam na matemática e na ciência racional. Aqueles que acreditavam na ciência secreta eram considerados místicos iludidos. Mas, um dia, muitos místicos tiveram o mesmo sonho: Atlântida seria submersa por um enorme tsunami.

— Você está dizendo que eles foram avisados do desastre por um sonho? — Victor retrucou, derrubando seu garfo.

— Centenas de místicos tiveram o mesmo sonho, que especificava a data do desastre. O rei de Atlântida na época, meu ancestral, foi um dos racionais que não consideravam deixar a ilha... — Ulysses parou e bebericou seu suco. — Porém, para sua surpresa, algumas noites depois ele também teve um sonho de revelação e foi forçado a mudar de ideia. O resto da história vocês já sabem.

— Fiquei toda arrepiada! — disse Sarah. — Essas histórias foram passadas de geração a geração, creio eu.

— Algumas, sim, mas tenho em meu poder vários documentos que detalham a história de Atlântida e a transferência da maioria da população para Gaia, e também alguns "truques mágicos" feitos pelos místicos da época. Truques que até hoje em dia poderiam trazer muita riqueza a pessoas ambiciosas da Terra — disse Ulysses, aguçando a curiosidade dos Escolhidos.

— Esses documentos não são propriedade da família — acrescentou Lionel. — Mas, como o conteúdo deles exige uma mente elevada, eles ficam sob custódia presidencial, junto a outros materiais delicados.

— Você mantém esses documentos na sua casa? — perguntou Albert, intrigado.

— Por que não? Gaia é um lugar extremamente seguro! — disse Ulysses orgulhoso. — Não temos nem alarmes nas nossas casas!

— E onde os Escolhidos se encaixam em tudo isso? — perguntou Victor, ainda tendo dificuldade de digerir toda a história de Gaia.

— É uma simples questão de preservar a população. Os gaianos se consideram sofisticados demais para terem filhos — respondeu Lionel secamente.

— A população de Gaia é muito pequena, é por isso que vocês foram selecionados... — acrescentou Isadora, sem nem levantar o olhar para seus convidados.

— Não é só uma questão de preservar a população. O motivo é dar continuidade à nossa existência, a nossos sonhos e objetivos. Não apenas isso, seu conhecimento acrescenta muito à nossa sociedade e à nossa evolução. Por estarmos tão confortáveis, às vezes nos esquecemos de continuar inovando — disse Ulysses.

— As famílias da Terra são cuidadosamente escolhidas, levando em consideração o critério de flexibilidade, moralidade e conhecimento. Considerem-se especiais, pois nos alegram com suas qualidades pessoais — Julius expôs, em um tom elogioso.

— Exatamente, mas essas não são as únicas razões pelas quais vocês são tão especiais — disse Ulysses, enxugando o canto da boca com um guardanapo.

— O que você quer dizer? — perguntou Albert, intrigado.

— Albert, você nunca parou para pensar por que você é o único que viu um céu vermelho e teve um sonho de revelação sobre Gaia? — perguntou Ulysses.

— Claro que pensei… — Albert admitiu. Desde sua primeira aula de ciência secreta, Albert se perguntava sobre isso. O que o fazia ver coisas que os outros não eram capazes de ver?

— Todo mundo é capaz de ter um sonho de revelação, mas alguns têm um dom especial para isso — disse Ulysses. — O sonho do tsunami que você tinha conectava-se com seus ancestrais e mostrava que você estaria seguindo o mesmo caminho que eles escolheram anos atrás. Sua irmã Ruth também tem um dom...

— Eu tenho um dom? — perguntou Ruth, descrente.

— Ela tem um dom? Isso é difícil de acreditar… — Isadora comentou com desprezo.

— Sim, ela tem um dom muito interessante. Pode gerar felicidade nas pessoas. Mas também traz a verdade; todos mostram suas verdadeiras cores quando estão perto dela. Não notou isso, Ruth?

— Bem, reparei que as pessoas são muito sinceras comigo... — disse Ruth, encarando o olhar de Isadora.

— Mas esses dons existem por um motivo... — continuou Ulysses. — Sarah, isso pode vir como uma surpresa para você, mas você descende de um pequeno grupo de atlantes.

Outro silêncio constrangedor. Albert podia ver a relutância de seu pai em aceitar a direção que a conversa havia tomado. Sua mãe, por outro lado, parecia estar gostando de juntar as peças daquele quebra-cabeça. Albert sentia que Sarah ansiava igualmente por respostas para dúvidas existenciais, razão pela qual o último comentário de Ulysses teria nitidamente ressoado.

— Nossa... Agora estou abismada... — disse Sarah.

— Acho que todos estamos — falou Albert com um leve sorriso.

— Inclusive eu. Eles são descendentes de Atlântida? Como você escondeu um assunto dessa importância de mim? — perguntou Lionel.

— O presidente do Conselho tem a obrigação de manter algumas informações importantes confidenciais. Eu queria que a família Klein fosse valorizada por seus próprios dons e qualidades, não pelo passado distante — explicou Ulysses.

— Claro, foi uma decisão muito sábia, Ulysses — Julius ressaltou.

—Lionel, você está agindo de um modo estranho hoje... — Ulysses sorriu. — Está pronto para a sobremesa?

Albert se remexeu a noite toda. Tinha sido um jantar no mínimo inusitado. No entanto, o que realmente havia se destacado foi o comentário de Ulysses sobre ele ter um dom. Por mais que tentasse relaxar e não pensar demais, parecia quase impossível ignorar a empolgação de descobrir que ele era especial… mas que implicações isso teria? Com que frequência ele teria sonhos de revelação? Seu dom seria algo que ele poderia praticar e desenvolver? Ele imediatamente considerou solicitar uma reunião particular com Ulysses para esclarecer suas dúvidas, mas o presidente certamente tinha assuntos mais importantes para cuidar. Além do mais, mais cedo ou mais tarde ele descobriria sozinho as respostas… ele sabia que era só uma questão de tempo.

SETE

Na manhã seguinte, o Zoom deixou os gêmeos em uma praia isolada. Pássaros cantavam sobre inúmeros coqueiros enfileirados ao lado de ondas claras do oceano, onde milhares de peixinhos ondulavam na superfície. De ambos os lados da praia havia uma espécie de píer de pedra, nos quais alguns alunos estavam agachados, procurando moluscos.

— Puxa, isso é que é uma verdadeira aula de educação física — comentou Ruth, respirando fundo e se alongando sob o sol da manhã.

— É preciso ter contato com a natureza — disse Nicolau, citando o código da escola. — Mas, enfim, ainda estamos na propriedade escolar. Lembra da vista da cantina?

Ruth caminhou até Nicolau com as mãos na cintura.

— Sim. O que é que tem?

— Bem, a trilha que você viu termina bem aqui, perto dessas rochas — disse Nicolau, apontando para direção de onde haviam vindo.

Albert seguiu o dedo de Nicolau enquanto ele traçava lentamente a costa. Quando seus olhos chegaram na trilha em questão, o perfil de Violet entrou em seu campo de visão. Albert cambaleou reflexivamente e oscilou para trás. Recuperou o equilíbrio bem na hora de evitar a repetição do episódio embaraçoso do primeiro dia.

— Violet! Estava procurando você! — disse Ruth, correndo para encontrar sua nova amiga no meio do caminho.

— Bom dia! — Violet trocou olhares com eles, mas demorou-se mais em Albert. — Como está, Albert? — perguntou, passando sua mão delicada no cabelo.

— Estou... Estou... bem... — Albert gaguejou. “Droga”, ele pensou. Agora ela ia pensar que ele era um idiota, com certeza. Por que a timidez dele sempre tinha de estragar suas chances de ser sociável e interessante?

— Eu estava mostrando a eles onde estamos — disse Nicolau, poupando Albert do desconforto. — Eu me lembro de como eu me senti inicialmente... — Ele sorriu, então apontou para uma mulher baixinha com cerca de 60 anos. — Aí vem a Lady Rose!

— Quem? — perguntou Ruth.

— A diretora — respondeu Violet, instintivamente andando em direção à figura que se aproximava. — Vamos. Acho que ela vai falar sobre os jogos.

Albert foi tomado de terror. Como ele poderia ter esquecido? Ele odiava esportes, principalmente por ser péssimo neles. Ficou muito distraído com a paisagem e com a aparição de Violet, mas quando viu os alunos se reunindo, ele soube que sua inaptidão seria exposta. O que a Violet iria pensar?

Enquanto Albert imaginava meios de fingir que estava machucado, a voz da diretora ecoou pela praia.

— Bom dia, meus queridos! — falou Lady Rose de uma plataforma que a fazia parecer muito mais alta e dava a ela um ar de importância. Sua voz era forte e alta, apesar da distância dos alunos.

—Intensificadores — cochichou Nicolau, explicando o volume de voz dela. Albert e Ruth assentiram.

— Hoje é mais um dia maravilhoso — disse Lady Rose, enquanto os alunos silenciavam. — Temos muito o que comemorar! Aprendi novos passinhos de dança para mostrar a vocês.

Estranhamente, Lady Rose começou a mover os quadris, saltitar e andar na ponta dos pés. Os alunos a incentivaram com gritos e aplausos.

— Todo mundo adora ela. Ela está sempre feliz e nos fazendo rir — disse Nicolau, e deu um assobio.

— Mas... vocês sabem que não é por isso que estou aqui — disse Lady Rose sem fôlego. — Eu gostaria de anunciar a abertura da nossa Olimpíada!

— Ai, Deus, sério? — murmurou Albert, olhando para as nuvens.

— Ouviu isso, Albert? Você chegou bem a tempo! — Nicolau comemorou.

— Este ano, os esportes serão vôlei de praia e natação — Lady Rose continuou. — Os dois esportes em dupla. Acredito que todos tenham praticado durante as breves férias.

— Esportes em dupla? — repetiu Albert, ainda delirando de medo.

— Confie em mim, você vai amar — Nicolau encorajou.

— Todo mundo tem de jogar? — perguntou Albert, buscando uma escapatória.

— Claro que todo mundo vai competir, Albert — disse Nicolau. — Esse é o motivo da Olimpíada. O que deu em você? Parece doente.

— Cada dupla de vôlei pode usar um Intensificador — declarou Lady Rose. — As duplas de natação podem acrescentar mais um para respirar. Vocês têm cinco minutos para escolher com quem farão dupla. Não se esqueçam de que o foco é o trabalho em equipe! Boa sorte a todos!

Quando a voz de Lady Rose silenciou, os alunos começaram a buscar freneticamente seus parceiros e a enviar suas decisões por meio de seus EMOs.

— O que acha de ser minha dupla no vôlei? — perguntou Violet, virando-se para Ruth.

— Acho ótimo — concordou Ruth. — Adoro vôlei. Mas nunca pratiquei esportes usando Intensificadores...

— Pense neles como vitaminas — disse Violet. — Eles apenas fazem seu corpo responder mais rapidamente. Precisamos só escolher o tipo certo.

A cabeça de Ruth estava a mil enquanto ela considerava algumas das possibilidades mais loucas. — Eu adoraria melhorar meus reflexos, especialmente para as cortadas!

— Ótima sugestão, Ruth! — exclamou Violet, agarrando seu EMO. — Vou mandar nossas escolhas agora.

Enquanto Violet manipulava o aparelho, Nicolau ainda estava ocupado tentando convencer Albert a voltar ao mundo dos vivos.

— Você não tem escolha, Albert — implorou Nicolau, tentando outra estratégia de persuasão. — A Olimpíada é obrigatória. Nem tente cair fora.

— Mas eu vou ser humilhado! Eu sou mesmo uma droga para jogar qualquer coisa que tenha a ver com bolas ou movimentação! — disse Albert. A última vez em que ele concordou em participar de uma competição, ganhou um lugar no hall da vergonha como o pior goleiro da história da escola. Sua fama o acompanhou por vários anos.

— Como você sabe? Você seria um perdedor se nem tentasse! Seria a única forma de você se humilhar! — retrucou Nicolau. — Além do mais, se não jogar, você nunca vai melhorar. É simples assim.

De alguma maneira, essa lógica tão simples fazia sentido para Albert. Como ele podia saber ao certo? A atitude científica seria experimentar, e ele havia prometido a si mesmo não estragar sua chance de se enturmar. Sabia que tinha de se arriscar e sair da zona de conforto, se quisesse ser respeitado.

— Tá. Eu vou jogar — Albert concluiu. — Mas preciso avisar que eu não estava sendo modesto. Sou uma droga mesmo.

— E quanto a nadar? — perguntou Nicolau.

— Eu costumava nadar... — Albert confessou, relutantemente — A Ruth sempre me vencia, mas ela é bem rápida.

— Então vamos nadar! Agora, qual Intensificador devemos pegar? — Nicolau olhou para as pequenas ondas como se pedisse conselho. — Talvez só precisemos do básico: agilidade nas pernas.

— Mas todo mundo não vai escolher isso? — perguntou Albert.

— Esta não é uma competição normal de natação — disse Nicolau. — Ter equilíbrio e até concentração pode ser melhor que rapidez. — Ele começou a examinar seu EMO rapidamente, ignorando o olhar tenso no rosto do amigo.

— Um minutinho de sua atenção — Lady Rose interrompeu o caos. — Os horários logo serão afixados. A quadra de vôlei está pronta.

Enquanto Albert olhava por cima do ombro, viu um retângulo de areia bagunçada sendo transformado em uma quadra de vôlei profissional, contornada por um enorme arquibancada.

— Caroline e Geb serão os árbitros — continuou Lady Rose. — Ah, e uma última coisinha: é época de ostras e elas estão maravilhosas.

— Ostras? — repetiu Albert, intrigado. — Eu nem quero saber...

— Achei que não iria querer... parceiro — disse Nicolau, sorrindo maliciosamente.

Nicolau e Violet olharam ansiosamente para a grande tela que pairava sobre a turma, mostrando a programação dos jogos. Quando Albert deu uns passinhos para trás entre os alunos para dar uma olhada melhor, sentiu uma mão fria agarrando a sua. Era Ruth, completamente petrificada. Albert pôde imediatamente entender o porquê. Ruth jogaria contra Isadora.

Albert sabia como sua irmã era boa em esportes; desde que eles eram crianças ela sempre se destacava em qualquer tipo de competição. Mesmo com uma menina louca disposta a fazer de tudo para vencer sua irmã, ele estava confiante de que ela seria um belo desafio. Albert deu a Ruth uma piscadinha como incentivo e voltou-se à programação, onde viu que estava prestes a estrear. Ele não teria mais tempo nenhum para se aprontar. Agora era sua vez de surtar.

Ruth soltou a mão de Albert e deu nele um abraço apertado.

— Boa sorte, mano — ela cochichou, caminhando de volta na direção da quadra de vôlei. Após alguns passos, ela colidiu com o ombro de alguém.

— Desculpe... — disse Ruth, levantando o olhar.

— Deixa eu perguntar, no lugar de onde você vem as pessoas não olham por onde andam? — Phin caçoou.

— Muito engraçado, Phin! Eu estava distraída, desculpe... — disse Ruth.

— Não precisa se desculpar, eu não me importaria de esbarrar em você todos os dias... — Phin soltou, fazendo Ruth corar instantaneamente. — Então, vai jogar hoje? — ele se recompôs, mudando de assunto.

— É, acho que sim... — Ruth se viu sem palavras.

— Bem, tenho certeza de que você vai se dar bem. Vou ficar de olho! — ele disse sorrindo.

— Phin! — uma voz aguda cortou o ar. Isadora estava a poucos passos, com os braços cruzados, olhando brava para eles.

— Boa sorte, Ruth, — disse Phin em voz baixa. — Preciso ir agora...

Ruth observou Phin se virando, com passos pesados e relutantes. Conforme ele se aproximava de Isadora, o casal começou a discutir sutilmente.

— Nunca vi Isadora tão irritada — Violet cochichou para Ruth. — Mas ele não deveria olhar pra você assim.

— Ele olha diferente pra mim? — perguntou Ruth, intrigada.

— Você sabe que sim — disse Violet. — Acho que você deveria tomar cuidado; não vai querer outra briga com Isadora.

— Eu só... me perguntava se ele sabe a cobra que ela é...

— Bem, o amor é cego, como dizem — disse Violet.

— Acha que eles estão apaixonados?

— Honestamente, não sei, Ruth! — respondeu Violet, enquanto via o EMO de Ruth gravitar.

Apesar de Ruth estar bem segura sobre o conteúdo da mensagem – não era tão difícil de adivinhar, tendo em vista os acontecimentos recentes —, ela agarrou o equipamento e leu o aviso em voz alta:

"Aviso número 3 de 3: Você vai se arrepender seriamente de ter cruzado meu caminho! Não diga que eu não te avisei! Beijos, Isadora".

— Nossa, ela está indo longe demais! — exclamou Violet, perplexa. — Tem certeza de que não quer contar a Caroline sobre essas mensagens?

— Tenho, não se preocupe — respondeu Ruth. — Deixa pra lá...

— Ruth e Violet, está na hora! — chamou Caroline, já na quadra de vôlei. A professora levantou uma garrafinha em forma de I com um líquido azulado.

— Creio que essas garrafinhas esquisitas sejam os Intensificadores... — disse Ruth, observando Caroline passar uma garrafa a Isadora e outra a sua parceira, Ellie, uma menina alta com cara de durona.

— É isso aí! Vamos pegar as nossas! — disse Violet empolgada.

Enquanto isso, Albert seguia Nicolau de perto enquanto eles caminhavam pelo píer de pedra, onde a competição começaria. A superfície áspera e afiada o fazia entender por que Nicolau tinha ajustado suas roupas plásticas para cobrir cada centímetro dos pés.

— Aki me disse que o Intensificador dele seria autocontrole — cochichou Nicolau.

— O que isso faz? — perguntou Albert, confuso.

— Deixa você mais calmo e mais focado — explicou Nicolau.

— E você está me dizendo isso agora? Devíamos ter escolhido isso! — reclamou Albert.

— Mas você disse que não é um bom nadador! — Nicolau ergueu a sobrancelha e olhou para Albert. — Aki é um excelente nadador, mas ele fica nervoso com a busca de ostras. Foi assim que perdemos nossa última competição.

— Que tipo de competição maluca de nado é essa? — Albert descarregou, sem perceber que já tinha chegado ao final do píer ao lado de Geb, o professor de educação física, e seus adversários Akil e Dilson.

— As regras são bem simples — disse Geb, que tinha a cabeça raspada e parecia quase jovem o bastante para ser um aluno também. — Cada equipe nada até o outro lado da praia e volta. Quem chegar primeiro ganha um ponto individual, e a primeira dupla a se reunir ganha outro ponto. Se o tempo acabar, você é desclassificado.

— Mas não se esqueça de que não é só velocidade que conta — apontou Nicolau.

— Exatamente! — concordou Geb. — Há um tipo especial de ostra que cresce na costa nesta época do ano. Cada equipe tem de coletar o máximo possível, mas pelo menos dez, ou está automaticamente eliminada da competição. Quem coletar mais ostras ganhará 2 pontos extras. Entendeu?

— Acho que sim... — disse Albert, não muito certo. Ele espiou nas profundezas. Só o píer em si tinha por volta de 3 metros de altura e, apesar de a água ser cristalina, ele não conseguia ver o fundo do mar, apenas peixes desconfortavelmente grandes com estranhas formas de cobra. Ele sentiu o estômago revirar.

— E entendo que é impossível se afogar com o Intensificador de respiração...

— O que me faz lembrar que é hora de vocês tomarem os seus! — confirmou Geb, passando as garrafinhas. Albert bebeu cada uma delas em um gole só. As bebidas eram quentes e doces, parecendo uma mistura de suco de frutas vermelhas e chá preto. Uma leve sensação de queimação veio em seguida.

Nicolau agarrou o braço de Albert e cochichou furtivamente.

— O segredo é: um procura as ostras enquanto o outro volta para a primeira posição.

— Tá, vou manter isso em mente — disse Albert.

Enquanto Albert tentava acalmar os nervos, Ruth e Violet já estavam do seu lado da quadra, esperando que Caroline começasse a partida. Com o canto dos olhos, Ruth observava Isadora e Ellie se alongando. Os movimentos de Isadora atraíam naturalmente a atenção de todos os rapazes e a menina parecia curtir isso, mas fingia ignorá-los.

— Ela é tão assustadora... — Ruth pensou em voz alta, jogando a bola de uma mão para a outra enquanto caminhava para sua linha de saque.

Caroline apitou. Ruth olhou para a bola e de volta para Isadora. "Que oportunidade perfeita para se livrar da raiva que ela estava sentindo e ensinar uma lição a essa garota", Ruth pensou. Talvez, após o jogo, ela pensaria duas vezes antes de mandar recadinhos a ela.

Ruth jogou a bola no ar e sacou com força. A bola foi direto para fora da quadra, fazendo Isadora rir.

Ellie era a próxima a sacar. Violet defendeu com facilidade e passou para Ruth, que não conseguiu levantar bem, permitindo que Isadora bloqueasse a bola.

— Ruth, se concentra, vai! — Violet sussurrou para Ruth, em meio ao barulho da torcida.

Aproveitando-se da aparente distração de Ruth, Ellie sacou direto nela. Mas, dessa vez Ruth contou com a ajuda do Intensificador. Só um esforçozinho consciente parecia o suficiente para aumentar os efeitos do líquido. Antes de ela ter uma clara percepção da direção e da velocidade da bola, seus braços já estavam cruzados e suas pernas a levavam para a frente com vontade própria. Ela passou a bola para Violet sem problemas. Ruth então cortou para o canto esquerdo da quadra, deixando sua adversária sem chance. A torcida irrompeu em aplausos.

Enquanto isso, Albert conseguiu distrair seus pensamentos enquanto observava Nicolau escolher o melhor tecido para os trajes deles, um que gerasse menos atrito na água e facilitasse seus movimentos. Já que as roupas podiam assumir propriedades de peles de animais, Nicolau parecia ter dificuldade em escolher entre tubarão e golfinho. Após alguns minutos, ele decidiu por tecido de pele de tubarão e ajustou o tamanho de seu traje. O tecido passou a cobrir todo o seu corpo, exceto o rosto, e ajustou-se para formar luvas ao redor das mãos.

— Isso é para que as ostras não machuquem nossas mãos — explicou Nicolau, passando a ele um saco para as ostras e fixando a cor de suas roupas para tons verde e vermelho. — Quando estivermos na água, o tecido vai formar uma nadadeira em cada pé. Vamos, é hora do espetáculo!

— Tá... — murmurou Albert.

— Ei, mais uma coisa garoto Escolhido... — Geb tirou um metalzinho fino do bolso e o prendeu ao redor do tornozelo de Albert. — O regulamento da Olimpíada estipula que o uso desse mecanismo de segurança é obrigatório. Nem pense em tirá-lo!

— A tornozeleira foi criada para evitar acidentes de queda — Nicolau cochichou para Albert. — Ela pode congelar o movimento de uma pessoa ou mantê-la suspensa no ar. É por isso que vou dar a você mais um conselho: não pense muito antes de saltar! Se pensar, você vai ficar parado no ar até seu sentimento de pânico ir embora. Eu não preciso dizer que você perderá o jogo se isso acontecer...

Geb assobiou. Os competidores mergulharam no mar. Albert permaneceu no píer, olhando para a água. Agora o medo não era só da profundeza do oceano, mas principalmente relacionado ao fato de que ele podia se acovardar enquanto todo mundo observava. Ficar pendurado no ar por uma tornozeleira causaria uma vergonha pública de um nível superior.

— Apenas salte, cara — aconselhou Geb. — Quer que eu empurre você?

— Isso seria… — Albert não conseguiu terminar a frase, já que Geb já o havia jogado à força no mar.

Quando seu corpo tocou a água quente, Albert começou a relaxar. Conforme nadava debaixo d'água com sua nadadeira, percebeu que nem precisava subir para respirar. E isso não era tudo. A leveza de seu traje, combinada ao efeito do Intensificador, permitia que ele deslizasse suavemente pelas ondas. Suas pernas sozinhas o impulsionavam, e seus braços ficavam estendidos à frente. Nadar agora era tão natural para ele quanto andar.

Quase sem esforço, Albert logo cruzou a trilha e chegou às rochas do outro lado, apenas um minuto depois de Nicolau e seus adversários.

Nas rochas, o Intensificador não ajudava muito. Na verdade, fazia o oposto. Com as pernas se movendo rápido demais, era difícil manter equilíbrio naquele solo irregular. Era preciso usar todo o esforço apenas para evitar cair, o que interrompia completamente a concentração. A busca por ostras logo se tornou uma prova complicada.

Uma forte pancada na água atraiu a atenção de Albert. Ele olhou por cima do ombro e viu Nicolau nadando de volta, cumprindo sua parte do plano. Akil mergulhou logo depois, alcançando Nicolau logo no final, e chegou primeiro.

Dilson pegava suas ostras como um profissional. Sua dose de autocontrole lhe dava uma precisão incrível na busca. Ele não parecia ter nenhum problema em distinguir os moluscos de outras manchas escuras nas rochas. Diferentemente de Albert.

Ao mesmo tempo, Ruth estava ficando cansada e sem fôlego e seu saque foi facilmente rastreado por Ellie. Ela passou a bola suavemente para sua companheira de dupla, que por sua vez a levantou pouco acima da rede para um corte fácil. Conforme a mão de Ellie descia sobre a bola que flutuava, os braços de Violet formavam uma parede intransponível, bloqueando e lançando a bola no chão aos pés de Ellie.

Violet comemorou a jogada e se virou para Ruth mostrando a mão vermelha.

— Agora eu sei que elas escolheram força extra — disse Violet.

Violet fez os dois pontos seguintes mandando a bola duas vezes no canto da quadra de sua adversária. Isadora abriu os braços frustrada.

— Sério? Fala sério? — Isadora gritou para Ellie. — Como você não pegou aquela?

— Não consegui… — Ellie murmurou nervosa.

— Da próxima vez vou escolher uma parceira capaz de corresponder às minhas expectativas! — Isadora a cortou. — Tempo! — ela ordenou, olhando para o árbitro.

Caroline apitou e interrompeu o jogo. Isadora e Ellie foram para um canto discutir suas estratégias confidencialmente e se reidratar com água gelada.

— Isadora nunca pediu tempo antes… — comentou Violet para Ruth, enquanto elas se sentavam em um banco para descansar perto de Caroline. — Algo me diz que ela está tramando alguma coisa...

— Claro que está! — disse Ruth. — Ela quer nos distrair e a estratégia dela pode funcionar, se você se preocupar.

Enquanto isso, tirando vantagem da distração de Albert, Dilson silenciosamente mergulhou de volta, encaminhando-se para o ponto de partida.

O grupo de alunos que observava a competição por um telão na praia comemorou a estratégia de Dilson, e Albert reparou que havia ficado para trás. Ele correu para a água, feliz de poder confiar novamente no Intensificador. Mas a distância entre ele e Dilson já era grande, e suas roupas e nadadeiras por si só pareciam dar a ele uma velocidade mais que suficiente.

Ele pensou em desistir. Qual era o sentido de continuar tentando se ele não chegaria mesmo em primeiro? Qual era o sentido de ficar exausto só para terminar a competição? Só para terminar... O pensamento repercutiu em sua mente. Era essa a razão de seus antigos fracassos na vida? Por que ele sempre acabava desistindo? Ele nunca conseguiu aprender a jogar futebol porque se sentia muito inseguro para continuar treinando... ele nunca ganhou nenhuma competição acadêmica porque sempre desistia na inscrição.

Era tão difícil assim acreditar em seu potencial? As coisas teriam sido diferentes se ele tivesse de fato se esforçado? Esforçado para valer? E se ele de fato começasse a pensar seriamente em vencer como seus adversários, em vez de apenas seguir o fluxo? E se além de estar nadando mais rápido do que nunca ele também não desistisse? E se ele tirasse o máximo de vantagem de seu Intensificador?

Albert se agarrou a essa ideia e deixou os medos irem embora. Quando suas mãos tocaram nas pedras do píer, aplausos entusiasmados o asseguraram que seu experimento havia sido um sucesso.

— Você foi incrível, cara! — comemorou Nicolau, estendendo a mão para ajudar Albert a se erguer do oceano.

— Intensificadores são milagrosos, Nicolau, só isso! — disse Albert.

O painel mostrou 1 ponto para Nicolau e Albert assim como 1 para Akil e Dilson. Tentando manter o suspense, Geb pegou os sacos dos competidores e começou a contar as ostras à vista de todos.

— Prontos para o resultado? — perguntou Geb, entretendo a pequena plateia. — Então o total de ostras coletadas é... 13 para Albert e Nicolau e... 20 para Akil e Dilson!

O painel mostrou Akil e Dilson 3 x Albert e Nicolau 1.

— Vencemos! — comemorou Akil, saltando no ar e batendo no ombro de Dilson.

— Parabéns, pessoal. — Nicolau apertou as mãos de seus adversários e se virou para seu parceiro. — Valeu por tentar, Albert. Você deu seu máximo!

— Obrigado por me fazer tentar! — disse Albert, feliz por ter superado seus medos.

De repente, o apito de Geb chamou a atenção de todos novamente. Ele caminhou em direção a Albert, com a mão direita fechada. — Albert, não disse nada a você sobre isso porque é uma situação bem rara... — Geb começou. — Mas, como todo mundo sabe, há outra forma de marcar pontos nesta competição...

— Está brincando, né? — Akil o cortou, descrente. — Ele não...

— Sim, ele fez... — confirmou Geb, sorrindo. — Albert encontrou uma pérola! Geb abriu o punho, revelando uma ostra aberta com uma pérola vermelha dentro. A torcida foi ao delírio. — Parabéns, Albert — continuou Geb, passando a pérola a Albert. — Isso dá a você mais 3 pontos.

— Então nós vencemos! — gritou Nicolau, abraçando Albert abruptamente. — Não posso acreditar! Você é o maior, cara!

— Isso é... insano! — exclamou Albert, admirando a pérola brilhante.

Enquanto isso, Isadora voltava rapidamente para a quadra. O sorriso irônico havia desaparecido de seu rosto, substituído por uma expressão focada. Ellie colocou a mão no ombro de Isadora e começou a cochichar no ouvido dela. Isadora se afastou e cobriu a boca de Ellie com sua mão. As duas olharam bravas uma para a outra, enquanto esperavam o saque de Violet.

Como Ruth havia previsto, Violet se distraiu o suficiente para cometer um erro e a bola que ela sacou saiu da quadra.

— Violet, não caia na armadilha dela! — aconselhou Ruth.

Ruth defendeu o saque de Ellie e passou para Violet, que cortou. Isadora não teve dificuldade em defender e passou a bola direto para sua companheira de equipe. Ellie mandou a bola perto da rede e Isadora cortou.

Um segundo depois, um grito chocante ecoou pela praia. A plateia se levantou agitada. Ruth ficou caída no meio da quadra, inconsciente, com uma marca de bola no rosto. Violet e os alunos perto da quadra correram para ajudar. Isadora permaneceu parada do outro lado, sem mostrar emoções.

— Acalmem-se todos! — ordenou Caroline, apitando. — Não mexam nela!

— Me deixe levá-la para a enfermaria da escola! — ofereceu Phin imediatamente, e Caroline assentiu, aprovando.

Phin se aproximou de Ruth e se abaixou cuidadosamente para pegá-la. Os alunos observaram Ruth, cada vez mais preocupados e agitados.

— O que está havendo? — Albert perguntou. Eles planejavam assistir ao resto da competição das meninas, já que a deles havia terminado, mas a balbúrdia ao redor da quadra dizia que era tarde demais. Ele viu a figura de uma menina sendo carregada pela praia por Phin. Ele não conseguia ver o rosto... apenas o cabelo. O cabelo ruivo dela. Apreensivo, ele segurou o braço de um menino que passava.

— O que houve? Foi a Ruth?

— Você perdeu, cara! — disse o estudante. — Isadora a nocauteou! A menina nem teve chance.

Albert sentiu o corpo todo anestesiado de raiva. Ele podia tolerar ameaças, mas nunca iria tolerar violência física contra sua irmã. Os olhos de Albert examinaram desesperadamente o rosto de cada estudante. Quando seus olhos encontraram os de Isadora, ele voou na direção dela. Ele não estava pensando direito... não ia deixar barato, não desta vez.

Quando ele estava a menos de meio metro, Geb se pôs na sua frente.

— Albert, acalme-se!

Sua raiva estava tão profunda que ele empurrou o professor com ferocidade. Geb deu um passo atrás, recuperando o equilíbrio.

— Ela vai ficar bem, Albert! — disse a única voz capaz de acalmar sua raiva. — Eu juro! — Violet acrescentou. Então ela correu para os bancos para apelar a Lady Rose.

— Isadora ficou estranhamente forte depois que pediu um intervalo! — ela argumentou. — Lady Rose, sei que não devemos culpar uns aos outros, mas acredito mesmo que Isadora tomou uma dose a mais.

— Bem... eu nunca vi nada assim... — disse Lady Rose, levantando-se e indo em direção a Caroline.

Lady Rose e Caroline debateram por alguns minutos, gesticulando e olhando ao redor preocupadas. Em seguida, a diretora chamou Isadora.

— Por favor, me passe sua garrafa d'água — ela ordenou.

— Por quê? Você não pode me culpar por isso! — disse Isadora irritada. — Ninguém aqui tem o direito de examinar meus pertences!

— Como diretora desta escola, eu tenho direito sobre tudo e todos aqui — disse Lady Rose. — Agora, por favor, me dê sua garrafa. — Lady Rose estendeu a mão em direção a Isadora.

A menina obedeceu com relutância. Após cheirar a bebida, Lady Rose deu um gole na água. Todos esperaram ansiosos pela reação dela.

— Não tenho dúvida de que você dissolveu outro Intensificador de força na sua água — Lady Rose declarou seriamente, confrontando a expressão rígida de Isadora.

— Eu não fiz nada! — reclamou Isadora. — Só usei o potencial máximo do meu primeiro!

Claramente sem vontade de discutir, Lady Rose simplesmente segurou a bola e a jogou em direção ao mar. A bola percorreu uma distância que ninguém poderia ter imaginado, caindo nas ondas que quebravam.

— Não acredito que você fez isso, Isadora — disse Caroline, com a voz fraca e cortada. — Nenhum aluno jamais violou as regras de dosagem.

— Isadora, vou ter de suspendê-la da escola temporariamente, e você também vai ter de relatar isso ao Centro de

Investigação — declarou Lady Rose. — Por favor, informe ao seu pai que ele terá de acompanhá-la.

— Já tenho idade suficiente para ir ao Centro sozinha. Além do mais, você não devia se importar... Tenho certeza de que meu avô vai cuidar disso — Isadora desafiou.

Lady Rose colocou os braços na cintura.

— Você não conhece seu avô. Sente-se no banco e espere seu pai — ela ordenou. Então se voltou para conversar com o apreensivo Albert. — Eu sinto muito, Albert. Mas não se preocupe. Nossos tratamentos médicos são extremamente eficazes. Em poucos minutos Ruth ficará bem.

OITO

Os dias se passaram incrivelmente rápido para a família Klein. Mas não para Victor. Durante o período de experiência, ele pareceu relutante em se adaptar à vida em Gaia. Evitava fazer amigos, não conversava muito com os vizinhos e nem aceitava convites para jantares e eventos. George era o único com quem ele falava mais. Ele começou a acordar cada vez mais tarde, saindo de casa apenas para passear com o cachorro no parque ou para ter aulas com Julius, nas quais nem fingia estar interessado. Sarah, por sua vez, logo se apaixonou por suas novas matérias, especialmente astrologia e medicina herbal. A relutância de Victor em aceitar tais "teorias absurdas" acabava por atrasar seu progresso e o afastava emocionalmente da família.

Então, quando os 30 dias estavam quase no fim, e Julius lembrou a todos que era hora de optar, a decisão não foi unânime. Todos da família queriam ficar em Gaia, onde estavam construindo uma vida repleta de alegria e novas amizades. Mas não Victor, que não se sentia mais valorizado, reconhecido ou útil.

Victor finalmente decidiu que tinha de ceder, fazendo um sacrifício para o bem-estar de sua família. Albert e Ruth estavam se enturmando na escola. Ruth ficou bem popular depois de seu jogo com Isadora. Era admirada por ser a única capaz de enfrentá-la, desafiando suas atitudes de superioridade que secretamente incomodavam a tantos alunos. Isadora, por outro lado, foi suspensa da escola por duas semanas e recebeu um aviso do Centro de Investigação, proibindo-a de usar qualquer tipo de Intensificador por um ano. Como a diretora da escola previu, Ulysses não desculpou a transgressão da neta, e deixou que a punição fosse aplicada a ela na íntegra.

Isadora continuou a ameaçar Ruth da mesma maneira, mas tinha o cuidado de guardar seus ataques para momentos mais seguros, quando estavam longe dos olhos de Caroline e Lady Rose. Ruth começou a sentir pena de Isadora, e não se deixava abalar pela hostilidade dela.

A Olimpíada, que foi suspensa após o incidente, continuou no mês seguinte. Após a desqualificação de Isadora e Ellie, Ruth e Violet terminaram campeãs do esporte. O jogo final foi visto por várias turmas, e, mesmo tendo receio de se tornar vítima de outro incidente, Ruth encarou seu medo e jogou surpreendentemente bem; seus movimentos imprevisíveis atraíram longos aplausos. A partida terminou com uma grande vantagem para Violet e Ruth "que estrategicamente venceram suas oponentes com jogadas que pareciam meticulosamente estudadas".

Enquanto Ruth levou um pequeno troféu dourado para casa, Albert e Nicolau se arrependeram de ter perdido a competição final de natação para Phin e Yurk. Seus adversários ganharam por número de ostras coletadas. Apesar de eles perderem a partida final, a conquista de Albert continuou a ser exaltada, uma vez que ele era um dos raros estudantes a ter encontrado uma pérola na história da competição. Contudo, Albert não ficou com a pérola; encontrou um destino melhor para ela, dando a esfera vermelha brilhante de presente. Apesar de fazer Violet corar por dias, ele não poderia perder a oportunidade de mostrar quanto ela era especial para ele. Missão cumprida.

Os campeões olímpicos receberam como prêmio um elegante jantar em um renomado restaurante localizado no meio do oceano, a 3 mil metros abaixo da superfície. Ruth e Violet foram juntas com Phin e Yurk comemorar. Durante o jantar, enquanto observavam a vida no mar, Phin desabafou que estava muito chateado pelo que aconteceu entre Ruth e Isadora, e se desculpou por não ter falado nada a respeito antes. Ruth ficou mais surpresa quando Phin confessou que a atitude de Isadora durante a competição tinha acabado com o relacionamento deles, já que ela mostrou um lado seu egoísta e cruel que ele não poderia aceitar. Violet, por outro lado, parecia contar os minutos para o jantar acabar. Por mais que ela tentasse, não conseguia convencer Yurk de sua completa falta de interesse por seu DNA atlético.

Então, cento e cinquenta dias se passaram desde que a família Klein chegou a Gaia. Cento e cinquenta dias antes, Albert havia sido alertado por meio de um sonho sobre Julius, Gaia e a oportunidade de mudar sua vida completamente. Ele havia tido um sonho de revelação; uma manifestação do dom que ele havia aprendido a ignorar para evitar perguntas difíceis e até uma sensação de responsabilidade. Ele estava principalmente preocupado em ter de lidar com algo tão imprevisível e tão aberto a interpretações ambíguas. Entretanto, não seria capaz de ignorar esse dom por muito mais tempo.

— Ruth, acorde! Ruth! — disse Albert, sentando no canto da cama da irmã, sacudindo o braço dela. — Uma montanha... uma trilha acidentada... — Albert pensou em voz alta, tentando forçar sua mente a se lembrar dos detalhes.

— Albert, o que você está fazendo aqui? Estou com sono... — Ruth grunhiu.

— Preciso te contar do meu sonho! — Albert cochichou. — Neblina... um precipício... — ele murmurou com a cabeça a mil.

— Não dá para esperar até amanhã? — Ruth começou a abrir levemente os olhos.

— Escuridão... ventos... — ele continuava tentando juntar as peças do quebra-cabeça. — É um sonho de revelação...

— Um sonho de revelação? — perguntou Ruth, erguendo-se assustada. — Tem certeza?

— Quase. Eu preciso de sua ajuda para tentar descobrir isso.

— O sonho tinha mensagens escondidas? Conte-me todos os detalhes, Albert. Precisamos analisar a coisa toda! — ordenou Ruth, agarrando os ombros de Albert.

— Deixa eu ver se consigo lembrar de tudo... — ele começou, tentando focar. — Nossa família estava caminhando por uma trilha na montanha... a vista era incrível... com lagos, cachoeiras, animais selvagens... e nós todos parecíamos muito felizes... rindo... curtindo cada momento. Mas o caminho começou a ficar mais estreito e nós caminhávamos por uma beirada perigosa; tínhamos de ficar de olho em cada passo nessa trilha de cascalho... então surgiu uma neblina, tornando tudo mais difícil, e nuvens cobriram o céu... a neblina ficou mais densa e as nuvens mais pesadas, mais escuras... começamos a ouvir vozes estranhas, mas não conseguíamos distingui-las... as nuvens e a neblina começaram a nos cercar... era lento, mas intenso... mal podíamos ver uns aos outros nesse momento... entramos em pânico e buscamos a mão um do outro... você agarrou meu pulso... mas... perdemos a mãe e o pai.

— E então, o que aconteceu? — perguntou Ruth, intrigada.

— Eu acordei — disse Albert, tenso.

— Nossa, seu sonho me assustou... estou toda arrepiada! — confessou Ruth, segurando firme seu travesseiro. — O que você acha que significa? Nós não sabemos o suficiente ainda para decifrar as mensagens ocultas...

— Eu sei, mas há uma coisa que podemos descobrir. O que quer que esteja acontecendo com a gente, precisamos ficar juntos, eu e você. Precisamos proteger um ao outro — disse Albert.

— Concordo... e acho que seria uma boa ideia se nós... — ela parou.

— Se o quê? — perguntou Albert, curioso, mas ela não respondeu. — Ruth? Ruth?

— Psssiu! Você escutou? — perguntou Ruth, sem se mexer.

— O quê? Não consigo ouvir nada, Ruth! — respondeu Albert, impaciente.

A casa deles tinha um isolamento acústico impressionante. Como Ruth podia estar ouvindo algo? Talvez os ouvidos dela estivessem treinados após tantos anos prestando atenção à conversa dos outros, ele pensou.

— Escute! Está vindo da sala — ela disse, caminhando lentamente até a porta. — Que horas são?

— Por volta da uma hora da manhã — respondeu Albert.

— Me siga! — sussurrou Ruth, deixando a sala.

Enquanto os gêmeos caminhavam silenciosamente pelo corredor, seus corações se aceleraram. Havia alguém na sala, com certeza. Mais de uma pessoa, eles logo supuseram. Mas quem estaria vagando pela casa deles a essa hora da noite? Havia definitivamente um tom de raiva nas vozes, apesar de eles ainda não conseguirem entender as palavras pronunciadas.

Julius havia mencionado que Gaia era um lugar livre de criminosos. Ele poderia estar errado quanto a isso? E se ele tivesse mentido apenas com o intuito de convencê-los a ficar? Albert ficou alerta. Um lugar avançado como Gaia poderia ter todo tipo de armas. Como eles poderiam se defender? Estavam agora no final do corredor tremendo. As vozes ainda eram incertas. Droga! O isolamento acústico era muito eficiente. Eles tinham de se arriscar mais para proteger sua família. Ruth desceu alguns passos da escadaria de madeira. Albert a seguiu. As vozes ficaram mais claras.

— Estou cheio disso! Já chega para mim — disse uma voz familiar. Apesar de ficarem aliviados em descobrir que as vozes pertenciam a seus pais, eles não podiam deixar de notar que algo de estranho estava acontecendo.

— Julius só quer o melhor para nosso crescimento pessoal em Gaia — Sarah respondeu de volta. — Ele quer o melhor para nós, Victor!

— O melhor? — retrucou Victor. — Para começar, ele está me impedindo de trabalhar! Estou estudando há mais de cinco meses essas mesmas matérias sem sentido. Numerologia, energia vital... Por que Julius só autorizou você a trabalhar? Ele disse que não tem ideia de quando eu vou estar pronto!

Só agora Albert podia entender o que estava havendo. Algumas horas antes, à tarde, Julius havia dado a Sarah uma grande notícia. Ela poderia começar a trabalhar imediatamente. A autorização se aplicava apenas a Sarah, e, por mais que Victor tivesse afirmado estar feliz por sua esposa, eles sabiam que era só uma questão de tempo até seus verdadeiros sentimentos virem à tona.

— Acho que você está chateado porque estou progredindo mais rápido do que você! — disse Sarah.

— Você acredita em tudo que as pessoas dizem! — Victor irrompeu. — Eu sou um astrônomo que não pode olhar em um telescópio! Minhas tarefas diárias se resumem a levar o cachorro para passear na praça! Julius nem me deixou visitar o Centro de Pesquisa Espacial! E quantas vezes ele me negou acesso a documentos de pesquisa? Várias! Sempre com o mesmo argumento de que não estou pronto ainda. Eu posso nunca estar pronto aos olhos de Julius!

— Você sabe que para ter acesso a mais conhecimento você tem de mostrar que merece! — disse Sarah, à beira do choro.

— Talvez eu não tenha paciência para isso! — exclamou Victor. — Sarah, sinto falta de ser útil, colaborar com meus colegas, ensinar os outros... O que estou fazendo aqui? Os gaianos não precisam de mim, meu conhecimento não serve de nada para eles! — ele disse, caminhando em direção à porta.

— Para onde você está indo, Victor? — perguntou Sarah, aflita.

— Não sei — ele respondeu, antes de deixar a casa.

Sarah correu para a escada, soluçando, quase sem dar aos gêmeos tempo de reagir. Andando na ponta dos pés para evitar serem notados, eles correram de volta ao quarto de Ruth.

— Que foi aquilo tudo? — Ruth perguntou, fechando cuidadosamente a porta do quarto. — Você acha que o pai vai decidir voltar para a Terra?

— Acho que há uma boa chance... — disse Albert, em uma voz partida.

— Mas Julius foi muito claro sobre isso! Se decidirmos voltar para a Terra após os 30 dias, nossas mentes podem ficar seriamente danificadas! — Ruth apontou.

— Não quero voltar e sei que você também não quer — disse Albert, sentado no chão. — Mas precisamos ficar unidos. Se nosso pai voltar sozinho, vai ser o fim da nossa família.

— Você acha que esse pode ser o significado do seu sonho? — Ruth perguntou.

— Espero que não — Albert murmurou.

NOVE

Após uma noite sem dormir, Albert e Ruth deixaram seus quartos com a barriga roncando. Tomaram o café da manhã em silêncio, pararam para olhar a porta e a escada, esperando que os pais finalmente se juntassem a eles na mesa. Isso não aconteceu, e com a ansiedade aumentando, eles procuraram consolar e confortar um ao outro.

— Eu estava pensando... — começou Ruth. — Talvez nós tenhamos entendido tudo errado... talvez isso não signifique o começo de seu sonho de revelação. No seu sonho, nós perdemos a mãe e o pai na escuridão, mas apenas nosso pai está irritado com essa situação... a mãe não saiu de casa, não desapareceu. Ela está bem aqui!

— Você não entendeu... a escuridão é metafórica... — disse Albert. — O que quer que afete nosso pai, vai afetar nossa mãe. Ela ainda está chorando depois que ele se foi! Você acha que ela vai ser a mesma pessoa se ele desaparecer? Não, ela vai ficar acabada. Se perdermos um deles, vamos acabar perdendo ambos.

— Estou tão nervosa! — Ruth confessou.

— Não fique. A mãe precisa da gente agora — disse Albert. — Ruth, ontem, quando eu contei a você sobre meu sonho, você mencionou algo sobre uma boa ideia, mas não terminou a frase... O que você ia dizer antes de ouvir as vozes?

— Bom, eu ia dizer que não deveríamos mencionar seu sonho para nossos pais. Isso deveria ficar entre nós — disse Ruth.

— Concordo totalmente — respondeu Albert.

— E também acho que precisamos de ajuda para decifrar seu sonho de revelação. Uma opinião imparcial — continuou Ruth.

— Podíamos pedir ajuda a Caroline... — ela é quase especialista nesse assunto e tenho certeza de que ela saberia guardar nosso segredo.

— Você está certo... — concordou Ruth. — Mas não temos aula hoje... Não posso esperar quase dois dias para falar com ela. Estou nervosa demais para ficar esperando!

— Podíamos ligar para ela — Albert sugeriu. — Acho que ela não se importaria.

O cabelo bagunçado, o rosto amassado e os olhos pesados de Caroline entregaram que ela estava dormindo profundamente. Envergonhado, Albert se desculpou e sugeriu ligar mais tarde, mas Caroline insistiu em ouvir sobre o sonho. Albert lentamente o narrou, mas ela não deu resposta. Não até se servir de café sem açúcar e fazê-lo repetir tudo desde o começo.

— Bem, obviamente seu sonho de revelação se refere à sua família. Vamos tentar analisá-lo — Caroline explicou, com a voz calma. — Nuvens pesadas simbolizam a chegada de um acontecimento de grande intensidade, e a escuridão que os cobriu mostra que o acontecimento vai ocorrer repentinamente, fazendo-os se sentirem perdidos.

— Não podemos ver nada na escuridão, exceto... — Albert apontou para Ruth. — Exceto um ao outro.

— É o pior tipo de escuridão, e significa que vocês vão se sentir temporariamente cegos — Caroline acrescentou. — E estão próximos de um penhasco. Um penhasco alto e profundo, creio eu, já que estão em uma montanha. Então a escuridão podia acabar levando-os a um destino terrível.

— Ai, a coisa só piora... — reclamou Ruth, apreensiva.

— Mas vocês têm a chance de mudar a situação, ao se unirem para afastar a escuridão — disse Caroline.

Os gêmeos respiraram fundo para absorver tudo o que estava sendo dito.

— Muito obrigado, Caroline — disse Albert. — Me desculpe incomodá-la com isso.

— Se precisarem de ajuda, sabem onde me encontrar — ofereceu Caroline. — Espero que sua intuição os guie, e que vocês tenham o conhecimento necessário para lidar com essa situação. Posso dar a vocês mais um conselho de amiga?

— Claro, nós adoraríamos — respondeu Ruth.

— Cuidem de sua mãe. Ela precisa saber que pode contar com vocês — Caroline acrescentou.

— Você está certa. Vamos fazer isso — disse Albert. — Obrigado novamente.

Eles desligaram o aparelho, colocaram os pratos sujos no armário para limpar e, seguindo o conselho de Caroline, subiram ao segundo andar para verificar o estado de Sarah.

A porta estava entreaberta. Sarah estava deitada na cama com os olhos inchados e vermelhos, acariciando mecanicamente Sabão. Ela nem notou a presença deles. Albert nunca havia visto sua mãe assim; ela sempre parecia ser uma fonte inesgotável de alegria e disposição. Albert entrou no quarto, mas a mãe nem olhou para dele. Ele se sentou ao lado dela e segurou sua mão. Ruth o seguiu.

— Mãe — Albert começou. — Nós ouvimos você e o pai discutindo ontem à noite...

— Não fique triste, mãe... — disse Ruth, enxugando uma lágrima do rosto de Sarah. — Ele só está com saudade do trabalho. Logo ele vai descobrir como está errado e vai voltar para casa.

— Não tenho tanta certeza... — Sarah resmungou, com os olhos fixos em um pássaro empoleirado em um galho do lado de fora da janela. — Quando seu pai fica irritado, ele se arrepende alguns minutos depois. Mas essa foi a primeira vez que ele não voltou para casa! Ele nunca fez isso comigo! Nunca passou uma noite toda fora de casa!

— Provavelmente ele está tentando se acalmar antes de voltar — disse Albert. — Ele a ama e nunca faria nada para magoá-la.

— Bem, ele me magoou muito com essa atitude. Já é de manhã e nem sinal dele! — Sarah começou a chorar desconsoladamente.

— Você tentou falar com ele? — perguntou Ruth.

— Ele deixou o EMO aqui — Sarah respondeu.

— Talvez ele esteja com George — Albert sugeriu. — Você ligou pra ele?

— Estou com muita vergonha de ligar e perguntar sobre meu marido para alguém que não é da família. Se Victor quisesse voltar para casa, já estaria aqui — reclamou Sarah frustrada. Quando terminou sua frase, seu EMO ficou vermelho e começou a flutuar na frente dela.

— Viu, é ele! — Albert gritou, aliviado. — Não tem motivo para se preocupar!

— Não é ele — declarou Sarah, agarrando o aparelho. — É uma mensagem de Julius. Ele está pedindo que eu o encontre no Conselho.

— Você acha que o pai foi falar com ele sobre voltar para a Terra? — perguntou Ruth.

— Não sei, querida. Talvez... — Sarah disse, levantando-se mecanicamente.

A sede do Conselho tinha a forma de uma pirâmide dourada gigante. O prédio era, de longe, o mais alto que Albert havia visto em Gaia e brilhava tão intensamente sob o sol que seus olhos se fecharam com o reflexo que ofuscava a visão. Estava cercado de árvores amarelas e verdes, perfeitamente podadas e enfileiradas em ordem crescente de tamanho, os jardins tinham as flores organizadas por cor e havia também diversos laguinhos.

Julius estava encostado no muro inclinado, próximo de uma porta verde-esmeralda, dedicando toda sua atenção a seu aparelho pessoal. Victor não estava com ele, o que era uma indicação de que algo não estava certo, pensou Albert.

O som de seus passos na calçada de vidro alertou Julius, que se endireitou lentamente e olhou na direção deles.

— Olá, Julius — disse Sarah, apertando a mão de Julius. — As crianças quiseram vir comigo. Espero que isso não seja um problema.

— De jeito nenhum — ele respondeu. — Imaginei que vocês viessem juntos.

— Este lugar é impressionante! — Albert exclamou. — Eu acredito que não seja coincidência que se pareça com as pirâmides do Egito...

— As pirâmides sempre foram o símbolo da sede do Conselho, desde o tempo da Atlântida — explicou Julius.

Albert franziu a testa. Julius havia sido sucinto demais em sua explicação. Ele sempre parecia estar esperando uma deixa para começar um monólogo sobre a história de Gaia, mas desta vez nem iniciou uma segunda frase.

— Como está Victor? — Sarah o cortou. — Podemos vê-lo?

— Antes de vocês o verem, eu gostaria de explicar o que aconteceu... — disse Julius.

Agora Albert estava certo de que algo sério havia de fato ocorrido. Ele segurou a mão fria da mãe em uma tentativa de acalmá-la.

— Por favor, nos conte o que está acontecendo — pediu Sarah.

Julius pigarreou.

— Victor foi encontrado esta manhã por um pedestre. Estava na rua, inconsciente.

Albert segurou o corpo da mãe, que cambaleou.

— Na rua? — repetiu Albert.

— Estava deitado na calçada, desmaiado — continuou Julius. — A pessoa que o encontrou tentou reanimá-lo sem sucesso; então chamou o serviço de emergência de Gaia.

— Eles o socorreram a tempo? — perguntou Ruth. — Ele acordou?

— Sim, ele foi imediatamente levado ao hospital e está se sentindo melhor — disse Julius.

— Que alívio... — Sarah voltou a respirar.

— Infelizmente, a má notícia não termina aí. Querem se sentar?

— Não, Julius, estamos bem — respondeu Albert rapidamente. Ele odiava quando as pessoas tinham notícias importantes começavam a disfarçar.

— Victor foi encontrado na calçada na frente da casa de Ulysses — Julius informou. — A porta da casa estava escancarada, o que é bem incomum; isso atraiu a atenção dos funcionários da emergência.

— O que você está tentando dizer, Julius? — perguntou Sarah, ainda trêmula.

— Houve um roubo na noite passada na casa de Ulysses — Julius começou. — A intenção do ladrão era roubar toda a documentação confidencial e o conhecimento que estava sob custódia do Ulysses. Victor e George são os principais suspeitos. George também foi encontrado inconsciente, ao lado de Victor, e ambos estavam de posse de papéis antigos e manuscritos. Eles também estavam com o EMO de Ulysses, que era repleto de informações sigilosas.

— Você está querendo insinuar que eles são ladrões? — perguntou Sarah, colocando as mãos no rosto.

— Eles nunca fariam isso! — exclamou Ruth.

— Deve ter havido algum engano — acrescentou Albert, olhando desesperadamente para Julius, como se exigisse uma explicação mais razoável.

— Eu lamento por ser o portador de notícias tão ruins. Victor e George vão ter de ficar no Centro de Investigações por um tempo — informou Julius. — O escritório do Centro fica no andar subterrâneo, abaixo do Conselho. — Ele apontou para um elevador externo. — Vou levá-los para vê-los.

O Centro de Investigações parecia um enorme escritório, com mesas transparentes e cadeiras brancas. As paredes eram feitas do mesmo material de um EMO e estavam cheias de mapas de Gaia e fotos. Os olhos de Albert pousaram em uma imagem específica. Mostrava seu pai, inconsciente, deitado no chão, cercado de vários documentos. Ele parecia... sem vida... morto. Só de ver a foto ele já ficou perturbado e sem movimento. Sua família significava tudo para ele. Tudo. Ele não podia suportar a ideia de perder alguém tão querido assim... tão de repente. Apesar de tudo o que ele havia ouvido, seu pai ainda estava vivo. E era isso o que realmente importava.

Após passar por várias mesas em que havia policiais que não interromperam seu trabalho nem para levantar os olhos, o grupo parou em frente a uma grande parede verde, que tinha uma textura gelatinosa. Julius pegou seu EMO e o colocou contra a parede. A parede desapareceu, dando lugar a uma sala vazia com um sofá.

Sophia estava sentada com as mãos na cabeça quando os viu entrando na sala. Nicolau estava ao lado dela, completamente desarrumado, usando bermuda e chinelos, talvez como uma forma de protestar por ter sido arrastado até o Conselho sem maiores explicações, imaginou Albert.

— Vocês já sabem o que aconteceu? — perguntou Sophia, caminhando em direção a Sarah.

— Sim, sabemos de tudo, Sophia — disse Sarah, segurando a mão da amiga. — Sinto muito que George também esteja envolvido nisso. Espero que eles tenham uma explicação razoável para tudo isso.

— Eu também espero. Não aguento a angústia de não poder falar com meu marido! — Sophia reclamou.

— Vocês podem falar com eles agora. Estão na outra sala — Julius apontou para outra porta gelatinosa, com a qual usou seu EMO mais uma vez.

Victor e George estavam em uma sala grande, que tinha dois sofás, um gabinete e uma porta para um pequeno banheiro. Apesar de Albert esperar um ambiente lúgubre, similar a uma cela de prisão, a atmosfera do lugar parecia tranquilizadora. Era decorado com cores vivas, vários vasos de flores e tinha uma parede transparente, que proporcionava uma bela vista do parque ao lado.

Victor estava sentado no sofá virado para a vista, enquanto George estava deitado no outro. Quando perceberam a presença de visitantes, os dois homens se levantaram e abriram os braços para abraçar suas famílias.

— Sarah, sinto muito pela forma como falei com você ontem. Não sei por que agi assim. — Victor abraçou a esposa apaixonadamente. Sarah não conseguiu conter sua emoção e começou a chorar.

— Por favor, nos diga que não é verdade — implorou Albert.

Julius tossiu.

— Victor, eu os trouxe aqui porque acho que você deve uma explicação a eles.

Albert não conseguiu evitar de notar o olhar frio que Julius lançou a seu pai. Ele sentiu o corpo congelar. Havia algo mais que Julius não tinha contado a eles... algo mais grave... Victor parecia confuso e envergonhado... perdido em pensamentos.

— Primeiro, quero dizer que amo muito vocês. Eu nunca quis vê-los sofrendo assim — começou Victor, em um tom triste. — Ontem à noite eu tive um sentimento de raiva, de impaciência. Depois que saí de casa, liguei para o George para conversar. Infelizmente, George não conseguiu me acalmar, porque ele também estava frustrado. Ele havia levado uma bronca no trabalho por querer saber mais do que deveria.

— Então vocês decidiram que roubar faria vocês se sentirem melhor? — perguntou Sarah, decepcionada.

— Não! — exclamou Victor.

— Não? — perguntou Ruth, tentando entender.

— Na verdade, eu não sei! — Victor respondeu, segurando o pescoço. Ele tentou controlar sua respiração acelerada por alguns segundos, então olhou para as mãos de Sarah entre as dele. — Eu não me lembro de mais nada! Foi minha última lembrança do dia.

— E, para piorar, minha memória também está em branco — acrescentou George. — É como se minha noite tivesse terminado com nossa conversa. Depois disso, eu só me lembro de acordar no hospital...

— Eles estão dizendo a verdade — disse Julius. — Nossos investigadores examinaram as memórias deles. Foi notada uma grande falha. É como se a memória recente deles tivesse sido apagada.

— Então eles devem ser inocentes! — opinou Sophia. — Quer dizer, se eles tivessem cometido mesmo o roubo, eles se lembrariam de cada detalhe!

— Não exatamente — respondeu Julius. — Nós acreditamos que Ulysses colocou algum tipo de defesa química em seus documentos secretos que, em contato com a pele de um estranho, o deixaria inconsciente por horas.

— Então Ulysses não estava em casa? — concluiu Sarah. — Por que não perguntam a ele sobre isso?

— Sarah... — Victor olhou para os olhos lacrimejantes de sua esposa. — Ulysses está... morto — ele murmurou.

DEZ

— Ulysses teve um ataque cardíaco durante o roubo — Julius informou solenemente. — Provavelmente por causa do choque de ver sua casa invadida.

— Não consigo pensar direito... — disse Sophia, apoiando-se na parede. — Ulysses... morto?

— Estou chocada — declarou Sarah, sentando ao lado de Nicolau. — Então vocês não apenas estão sendo acusados de roubo, mas também de provocar a morte do presidente?

— Julius, você acredita na inocência deles, não acredita? — perguntou Ruth. Seu tom de voz era inquisidor, mas amistoso ao mesmo tempo.

— Conheço esses dois homens muito bem e a pureza de seus corações — disse Julius. — Mas, ao mesmo tempo, todas as evidências sugerem que eles são culpados. As últimas memórias examinadas deles mostram um motivo...

Albert imediatamente relembrou a discussão de seus pais naquela noite. Certamente, era a isso que Julius se referia como um motivo. Na verdade, as palavras e a atitude de seu pai poderiam colocá-lo em uma situação complicada. Ele havia feito comentários ofensivos contra Julius e sobre quanto estava farto de seu processo de ensino. Albert se perguntava como deveria ter sido duro para Julius ouvir tudo aquilo enquanto as memórias de Victor estavam sendo analisadas.

— Além do mais, não temos um crime sério em Gaia há séculos... — Julius continuou.

— Você quer dizer que, por termos vindo para cá, somos os principais suspeitos? — perguntou Sophia, olhando indignada para Julius.

— Não é isso, Sophia. Apenas não temos outros suspeitos — declarou Julius. — Não temos relatos sobre ninguém mais que quisesse acessar os documentos confidenciais de Ulysses. Além disso, Victor sabia que Ulysses guardava documentos oficiais em sua casa e também sabia sobre a ausência de alarmes na residência, já que Ulysses comentou sobre isso durante o jantar, há um tempo atrás.

— Julius, parece que você está contra eles! — exclamou Sophia.

— Não estou contra ninguém, Sophia. Também estou profundamente chocado com o que aconteceu! — disse Julius.

— Por favor, tenham calma com Julius, ele está abalado — George interveio. — Não há nada para provar nossa inocência.

— Exatamente. — interrompeu uma voz estranha de alguém que entrava na sala. — Os investigadores estão examinando todos os fatos relevantes. O julgamento deles está marcado para daqui duas semanas.

— Me desculpe, mas você é... — perguntou Sarah ao estranho.

— Sou Randy Vurk — disse um homem baixinho e robusto, com um rosto triangular emoldurado por um cavanhaque. — Sou o investigador-chefe. Acabou o tempo de visita.

— Você pode nos dar mais uns minutinhos? — perguntou Julius.

— Julius, você nem tinha autorização para trazer visitantes. Acompanhe-os até lá fora antes que quebre mais regras — Randy ordenou.

Albert conseguia ouvir a exasperação de Julius.

— Eles não tiveram chance de se despedir... — protestou Julius.

— Tudo bem — Sarah interveio. — Já tivemos tempo suficiente. Obrigada, Julius, por nos trazer aqui.

— Então, por favor, se retirem. — Com a mão aberta, Randy apontou a saída para eles. — Tenho algumas perguntas para nossos suspeitos aqui, se não se importam.

Albert obedeceu à ordem, mas voltou para o lado de seu pai e o abraçou com força.

— Não se preocupe... Eu vou cuidar delas.

— Eu sei, filho — disse Victor, incapaz de segurar as lágrimas.

Albert bateu no ombro do pai e, antes que o investigador-chefe perdesse o resto da sua paciência, deixou a sala.

— Sinto muito por isso — Julius se desculpou enquanto a parede reaparecia atrás deles. — Randy é muito rígido...

— Nós entendemos... — interrompeu Sarah. — Há algumas coisas que eu gostaria de discutir com você, se possível.

— Bem, podemos ir ao meu escritório... — ofereceu Julius. — Apesar de eu só poder receber visitantes com mais de 20 anos...

— Tudo bem, vocês podem falar com privacidade. Nós três vamos indo... — disse Albert, virando-se para abraçar rapidamente sua mãe. — Esperamos lá fora.

As mãos de Albert ainda estavam tremendo... da raiva por ver o pai preso como se fosse uma ameaça para a sociedade, pela maneira como sua família havia sido dividida, por perder tão rapidamente a oportunidade de ser feliz e de se realizar em uma comunidade da qual ele escolheu fazer parte. Contudo, havia algo mais... ele estava bravo com ele mesmo... por questionar a inocência do pai... ele sabia que era um pensamento sem sentido... acima de tudo, Victor Klein era uma boa pessoa, com um bom coração, mas ultimamente seu pai havia mudado muito, se tornando amargo e defensivo. Albert balançou a cabeça sem acreditar. Seu pai não era um criminoso. Simplesmente não era.

— Cuidado!

Antes que Albert pudesse evitar, Nicolau já estava caindo no chão, levando outra pessoa com ele.

— Você está bem, cara? — perguntou Albert, abaixando-se para ajudar o amigo.

— Acho que sim... — disse Nicolau, segurando o joelho.

— Pelo menos desta vez não fui eu quem tropeçou! — brincou Albert.

Enquanto levantava o amigo, ele olhou para o lado e viu Ruth ajudando a vítima do descuido de Nicolau pegar seus pertences do chão.

— Vocês precisavam mesmo ficar parados ao lado do elevador? — grunhiu Lionel, pegando sua pasta, que havia caído aberta. Nicolau não respondeu, só olhou para o chão. — Vocês são as últimas pessoas que eu queria ver hoje!

— Intensificador? — perguntou Ruth, passando uma garrafinha a Lionel.

— Me dê isso agora mesmo! — retrucou Lionel. — Sem intensificar minha paciência, eu faria seu pai sofrer tanto quanto eu! — ele disse antes de respirar fundo. — Acho que preciso de mais de uma garrafa.

— Sinto muito por sua perda, mas garanto que meu pai é inocente — declarou Ruth.

— Garante? Você deve aprender a respeitar os sentimentos das vítimas em vez de defender assassinos — Lionel irrompeu, voltando as costas para eles e se afastando.

A tarde foi um borrão. Albert, Ruth e Sarah voltaram para casa em silêncio, e permaneceram assim por várias horas, como se o silêncio pudesse preencher o vazio de seus corações. No entanto, só aumentava a ansiedade. Albert queria desesperadamente saber o que Julius havia contado à sua mãe no escritório, mas não queria pressioná-la a dizer nada. No momento em que ela começasse a falar, a voz iria denunciá-la.

— Mãe... — Albert começou, quando todos estavam sentados no sofá. — Não esconda nada da gente... somos mais fortes do que você pensa, e queremos cuidar de você tanto quanto você cuida de nós... nos deixe ajudar... só nos dê um pouco de crédito, por favor.

— Ah, querido, que lindo — disse Sarah com olhos lacrimejantes. — Às vezes eu me esqueço do quanto vocês são adultos e maduros. Sou abençoada por ter filhos tão incríveis na minha vida... — Ela beijou Albert e Ruth na testa. — Você está certo, filho. Não há motivo para guardar segredos de vocês... precisamos resolver isso juntos.

— Isso mesmo, mãe — Albert a confortou. — Por favor, nos conte o que Julius disse a você. O que vai acontecer se o considerarem culpado?

— Bem... Julius disse que ele provavelmente vai ser mantido prisioneiro por 20 anos ou mais — revelou Sarah.

— Não há chance de simplesmente nos mandarem de volta à Terra? — perguntou Ruth, perplexa.

— Ele disse que isso pode ser sugerido, especialmente por aqueles que não apoiam o sistema de imigração...

— disse Sarah. — Mas outras pessoas podem dizer que uma volta à Terra pode ser mais um prêmio que uma punição... já que não nos lembraremos do que aconteceu.

Albert analisou as opções. Seu pai na prisão. Sua mãe deprimida. Sua família quebrada por dentro, vivendo nas sombras. Um estado constante de vergonha. Sim, se ele tivesse de escolher, decidiria voltar à Terra e manter sua família unida. Apesar de que isso simplesmente implicaria voltar à sua vida medíocre, sem amigos, sem dom especial... sem Violet.

— E o que Julius acha? — perguntou Albert.

Sarah afastou o olhar por um segundo, reunindo coragem para falar.

— Se nós voltássemos à Terra agora, nossas memórias seriam seriamente afetadas. Poderíamos desenvolver uma amnésia profunda e até lesões cerebrais... Julius não acha que seria justo para nenhum de nós...

— E... quem vai decidir isso? — perguntou Ruth.

— Por não serem gaianos, se o Conselho os declarar culpados, o destino deles será votado pela população... — disse Sarah, aflita.

— Pela população? Todo mundo amava o Ulysses... ninguém seria condescendente com eles... — refletiu Albert. — Por sinal, você acha que a notícia já se espalhou por Gaia?

— Só temos uma maneira de saber... vamos assistir ao noticiário — sugeriu Sarah, expandindo seu EMO. O objeto foi ampliado até ocupar múltiplas paredes, permitindo que as imagens aparecessem em 360 graus ao redor deles.

— A morte de Ulysses comoveu toda a população e a dor é sentida por todo canto... — dizia a repórter quando começaram a mostrar imagens de todos os prédios e casas projetando o rosto de Ulysses, crianças e seus pais chorando, adolescentes deixando as escolas em choque. —Protestos exigindo a prisão e também a deportação dos acusados já estão acontecendo — continuou a repórter, conforme o canal mostrava inúmeras pessoas em frente ao Conselho. A câmera se aproximava de camisetas que tinham a caricatura de Victor e George atrás das grades ou voltando para a Terra. As imagens mostradas pelo dispositivo eram tão reais que Albert tinha a sensação de estar encarando todas aquelas pessoas. Ele não podia evitar a sensação de estar vulnerável e aterrorizado.

— Já chega — disse Sarah, desligando o canal e diminuindo seu equipamento.

— Olhe isso... — disse Albert sem ar, olhando sobre o ombro em direção à entrada da casa. Através das paredes transparentes eles podiam ver uma multidão se reunindo no gramado, também usando roupas em que havia mensagens escritas de inconformismo: "Justiça já", "Voltem para a Terra", "Tínhamos confiado em vocês", "Saiam daqui" etc.

Ruth e Sarah começaram a andar de um lado para o outro, como se a casa fosse ser invadida a qualquer momento. Todas as flores nos vasos começaram a exalar um perfume calmante de lavanda. Elas haviam sido programadas para acalmar a família quando fossem detectado um nível alto de estresse, mas isso parecia ridiculamente inútil naquele momento.

Albert tentou pensar rápido e ajustou a parede para aparência de tijolo por dentro e por fora.

— Estou feliz de ter trancado as portas hoje... — disse Sarah. — Vou preparar algo para nós comermos...

Enquanto Sarah caminhava em direção à sala de jantar, o EMO de Ruth ficou verde e flutuou na frente dela.

— É uma mensagem da Violet... — disse Ruth.

Violet... o nome capaz de congelar o corpo todo de Albert. Ele se perguntava se ela já sabia e qual seria sua opinião sobre aquela loucura. Ela não conhecia muito bem seu pai, então não teria motivo para duvidar dos rumores da investigação. Ele só esperava que ela não começasse a evitar sua companhia e se afastasse... ainda não estava pronto para ficar longe dela.

— O que ela disse? — perguntou Albert, com medo da resposta.

— Ela só está dizendo que está do nosso lado, não importa o que aconteça. E quanto ao seu? O que diz?

Albert estava tão distraído que não havia notado que seu equipamento também estava flutuando na frente dele. Ele o agarrou e leu a mensagem em voz alta.

— Espero que você esteja bem. Tenho certeza de que é um grande engano. Por favor, me diga se precisar de algo. Um abraço, Caroline.

Eles ainda tinham amigos que os apoiavam. Ele não esperava isso. Seu corpo agora parecia ficar leve e sua mente mais clara, como se um grande peso tivesse sido tirado de seus ombros.

— Que diabos... — reclamou Ruth, observando seu EMO ficar vermelho, evidenciando o conteúdo urgente da mensagem e expandindo-se sozinho. Um emblema de um dragão opulento que cuspia fogo tomou toda a tela. A figura desapareceu gradualmente, dando lugar ao rosto de Isadora.

— Vocês foram avisados que não pertencem a Gaia — disse Isadora. — Não recebemos ladrões e assassinos. Somos seres superiores e sua presença deve ser eliminada antes que vocês causem mais problemas.

O equipamento encolheu, deixando Albert e Ruth atordoados.

— Com quem vocês estavam falando? — perguntou Sarah da sala de jantar.

— Com ninguém — respondeu Ruth. — Com ninguém importante.

— Bom, porque temos visitas agora... — informou Sarah, chegando à sala acompanhada por Sophia e Nicolau. — A única entrada que eu autorizei no nosso Zoom hoje — ela disse, tentando mostrar um sorriso. — Vocês vieram bem na hora do jantar.

— Estou muito estressada para comer agora, Sarah... — disse Sophia. — Aparentemente ninguém está preocupado em procurar novas provas; estão agindo como se tivessem certeza da culpa de Victor e George.

— O que você quer dizer? Deviam estar fazendo uma investigação completa na casa de Ulysses! — Sarah exclamou.

— Mas não estão — disse Sophia. — Fiquei em frente à casa o dia todo, disfarçada. Quando Randy, o investigador, se aproximou da casa, eu perguntei se estavam procurando por mais provas. Sabe o que ele me disse?

— Fale de uma vez para eles, mãe... — disse Nicolau sem ânimo.

— Ele disse que todas as provas necessárias foram encontradas ao lado dos suspeitos logos após o crime! Ele foi lá só para trancar a casa de Ulysses — disse Sophia, andando de um lado para o outro.

— Precisamos contar isso ao Julius! — sugeriu Albert, levantando-se do sofá. Como membro do Conselho, Julius tinha relacionamentos e podia ordenar que alguém começasse uma investigação séria ou até poderia se oferecer para verificar mais uma vez as evidências ele mesmo.

— Julius sabe — disse Sophia. — Você não notou que ontem ele não expressou o menor interesse nem em considerar outros suspeitos? Ele está muito bravo ou decepcionado demais para ajudá-los...

— Mas, se eles não procurarem novas pistas, a investigação vai terminar logo e nossos pais não vão ter chance de defesa! — Ruth se desesperou.

— Exatamente — Sophia concordou. — Se não fizermos nada, o destino deles estará decidido... Sarah, hoje à noite precisamos ir à casa de Ulysses para investigar...

— Eu disse a ela que essa é uma ideia louca — Nicolau interrompeu.

— Com a maquiagem moderna de Gaia vai ser fácil a gente se disfarçar... — disse Sophia.

— Nicolau está certo, isso não faz sentido! — concordou Albert.

— Todas as entradas dos Zooms são digitalmente controladas e foram criadas pela mesma empresa... — continuou Sophia. — Eu consegui hackear o sistema da empresa e descobri uma senha master que vai permitir acesso à garagem de Ulysses...

— Ok. Eu vou com você — declarou Sarah.

Albert franziu o cenho.

— O que foi? — exclamou Ruth.

— Não, mãe! Você não pode ir! — disse Albert, desesperado. Ele não podia suportar a ideia de perder a mãe também. O que ela estava pensando? Como ela ousava se arriscar tanto?

— É nossa única chance! — disse Sarah. — Crianças, não posso ficar aqui esperando uma solução! Não posso abandonar seu pai à própria sorte... Isso é o mínimo que posso fazer... Preciso ajudá-lo. Se outra pessoa cometeu o crime, poderemos encontrar alguma pista importante por lá.

Albert respirou fundo. Ele sabia que ela estava decidida. Sarah tinha um enorme coração e nunca hesitaria em se colocar em perigo pelo bem de sua família. Não havia nada capaz de fazê-la mudar de ideia.

— Então eu vou com você — disse Albert.

— Não. Você fica aqui, Albert — Sarah declarou. — Vou tomar conta disso sozinha com Sophia. Prometo que serei cuidadosa e que voltaremos direto para casa. Mas preciso saber que, não importa o que aconteça com a gente esta noite... vocês todos vão estar aqui... em segurança.

— Nada de ruim vai acontecer. Eu tenho o plano perfeito — Sophia garantiu a eles.

ONZE

O choro de Sabão ecoou alto como um despertador. Sonolento, Albert acariciou o cachorro, tentando fazê-lo se calar, mas seu gemido ficou ainda mais agudo. Albert abriu os olhos levemente. Ruth estava dormindo ao lado dele, e Nicolau estava no chão com seu EMO flutuando bem acima da cabeça. Albert cutucou Nicolau, com uma ajudinha de Sabão, que lambeu o rosto do garoto.

— Ei... — murmurou Nicolau. — Me deixa dormir, cachorro...

— Levantem-se, pessoal, acho que temos novidades — disse Albert, esfregando os olhos.

— Que tipo de novidade? — Ruth arrastou o corpo para fora do sofá.

— Não sei, o equipamento de Nicolau está vermelho. — Albert apontou.

— Vermelho? — Nicolau saltou do chão. — Deixa eu ver... — disse ele, agarrando seu EMO. — Que estranho...

— O que aconteceu? O que está dizendo? — Albert questionou.

— É uma mensagem da minha mãe... ela está pedindo que a gente vá encontrá-las na frente do Centro de Investigações — informou Nicolau.

Os gêmeos e seu amigo se olharam em silêncio, torcendo pelo melhor, mas se preparando psicologicamente para as piores notícias.

Eles chegaram de Zoom à entrada principal do Conselho pouco antes das 5 horas da manhã. O sol estava nascendo, iluminando timidamente a pirâmide e o parque que a cercava. Não havia sinal de Sarah, Sophia ou de quaisquer manifestantes.

— Vocês acham que elas virão? — perguntou Albert, seus olhos examinando a área.

— Acho que não — respondeu Nicolau. — Elas já deveriam estar aqui no momento em que mandaram a mensagem.

— O Conselho está provavelmente fechado, é cedo demais... — disse Ruth, impaciente.

— Vamos checar então — sugeriu Albert, com adrenalina pulsando nas veias.

— Não é muito arriscado? Se alguém nos vir, vão achar que estamos tramando algo — Nicolau opinou.

— A pior coisa que pode acontecer é nós termos de explicar que temos novas evidências para a investigação — disse Ruth.

— Tá bom, vamos entrar então — Albert decidiu, caminhando em direção ao elevador.

Depois de olhar à sua volta mais uma vez, Albert entrou na marca circular no chão e Ruth e Nicolau o seguiram. No segundo seguinte, eles estavam no piso do Centro de Investigações. As luzes estavam acesas, e, apesar de as mesas dos oficiais estarem vazias, o escritório não estava fechado.

Albert viu a mãe parada no canto da sala e seu rosto se iluminou. Ainda estava disfarçada – sua pele tinha um tom escuro e cachos negros caíam pelo rosto. Sophia estava ao lado dela, parecendo uma japonesa idosa. Mas elas não estavam sozinhas. Julius, Lionel e Randy estavam atrás delas, junto de um senhor mais baixo de cabelos tingidos de preto. Algo estava errado naquela cena... ele não teve um bom pressentimento.

Quando o senhor os viu, gesticulou para que se aproximassem.

— Prazer, sou Milet, o novo presidente do Conselho — o homem se apresentou, e tinha os olhos inchados denunciando seu cansaço. — Estou aqui para decidir sobre os novos desdobramentos dos fatos que ocorreram esta noite. Randy e Lionel me chamaram aqui para resolver isso com vocês.

— Vão soltar nossos pais? — perguntou Ruth.

— Não se faça de boba — retrucou Lionel.

— Infelizmente, não é uma questão de soltar seus pais, mas de decidir com quem vocês vão morar, até o data do julgamento — Milet continuou.

— Do que vocês estão falando? — perguntou Albert, com os pensamentos agitados.

— Acabamos de prender suas mães por invadirem a casa de Ulysses — começou Randy, olhando para Albert. — Estão sendo mantidas presas como cúmplices de seus pais, por tentarem pegar o resto das informações secretas que permaneceram na casa.

— Mas vocês estão errados! — Nicolau contestou. — Elas só estavam buscando pistas que pudessem provar a inocência dos nossos pais!

— Já dissemos isso a eles — disse Sophia. — Eles não acreditam em nós...

— Vocês desobedeceram às regras de Gaia invadindo um lugar que estava fechado para investigações — Randy acusou. — Vocês nem nos contaram sobre seu plano. É claro que a intenção de vocês era descumprir a lei.

Albert olhou para Julius buscando algum apoio. Mas ele não retribuiu o olhar. Poucos meses antes ele havia jurado tomar conta deles em Gaia, e agora ele simplesmente dava as costas? Ele realmente achava que seu pai era culpado ou apenas não queria sujar as mãos?

— Se tivéssemos dito alguma coisa sobre nosso plano, vocês teriam nos prendido imediatamente! — Sophia disse em sua defesa.

— Deviam ter confiado na nossa investigação — Randy contra-atacou. — Parece que vocês estavam apenas terminando o que seus maridos começaram.

— Até o julgamento de seus pais, precisamos encontrar um lugar onde vocês, crianças, possam ficar seguras e bem cuidadas. — Milet se virou para o grupo.

— O problema é que ninguém quer ficar com vocês — Lionel disparou.

— Isso não é verdade — Julius interveio. — Eu gostaria de ter a custódia de vocês. Mas, como membro do Conselho, não posso fazer isso, uma vez que iria interferir na minha obrigação de ser imparcial no julgamento. Sinto muito.

"Claro que você não faria isso", Albert pensou com amargura. "Por que você arriscaria sua reputação defendendo uma família inútil de Escolhidos criminosos?"

— Então, sugiro que criemos um quarto aqui no Centro de Investigações para eles — disse Lionel.

— Eles não podem ficar aqui, já que não estão sendo acusados de nada — Milet recusou.

— Creio que tenho uma solução para essa questão — disse Julius. — Só preciso de alguns minutos para contatar uma pessoa de confiança.

Albert queria recusar a ajuda dele com uma negativa firme, mas infelizmente parecia que eles não tinham opção.

— Enquanto isso, podemos falar com nossos filhos? — Sarah perguntou a Milet.

— Podem — concordou Milet. — Julius, por favor, leve-os a uma sala reservada.

Julius suspirou e os conduziu por um corredor, parando na primeira porta à direita. Sem dizer nada, ele abriu a porta com seu EMO e estendeu uma mão aberta para eles entrarem, antes de sair abruptamente.

— Vocês podem, por favor, nos contar o que aconteceu? — perguntou Ruth.

— Quando estávamos investigando, Randy nos pegou de surpresa — começou Sophia. — Ele havia instalado um sistema de detecção de calor corporal, que reconhece a forma humana. Quando passamos pela garagem, o sistema o alertou.

— Por favor, nos perdoem, crianças — disse Sarah, enquanto segurava as mãos de Albert e Ruth. — Não queríamos deixá-los nesta situação, mas pelo menos tivemos tempo suficiente para buscarmos evidências.

— Vocês descobriram algo? — perguntou Nicolau.

— Com a ajuda de uma lanterna laser que detecta pegadas, encontramos sinais de quatro pessoas na sala nas últimas 48 horas — Sophia disse. — No quarto de Ulysses, o local onde toda a informação secreta se localizava, encontramos apenas traços de duas pegadas diferentes: uma estava descalça, a outra não.

— Obviamente as pegadas descalças eram de Ulysses, que estava dormindo, mas de quem eram as outras pegadas no quarto? — Sarah questionou.

— E de quem eram as pegadas que estavam na sala? — perguntou Sophia. — Um conjunto era de Ulysses e os outros eram de Victor e George. Mas de quem era o outro?

Isso prova nossa teoria: alguém está por trás do crime e quer incriminar Victor e George.

Uma música calma de piano começou a tocar, detectando o ânimo perturbado deles.

— Como sabemos que essas pegadas não foram feitas pelos investigadores? — retrucou Albert.

— Porque o tipo de trabalho deles exige que usem sapatos especiais, que não deixam nenhum vestígio na cena do crime — Sophia explicou.

— Vocês contaram isso aos investigadores? — Ruth questionou.

— Sim, mas eles não nos dão ouvidos — disse Sarah.

— Inacreditável — Nicolau reclamou. — Eles nem querem verificar o que vocês encontraram?

— O Centro de Investigações está fechado. Só abre daqui a algumas horas. E para solicitar uma investigação eles teriam de passar por muita burocracia — disse Sophia. — O problema é que a lanterna só consegue detectar pegadas deixadas nas últimas 48 horas. Esse tempo termina às 6 horas da manhã.

— Então, quando alguém chegar na casa só vai notar os passos de Randy — concluiu Sarah. — Crianças, só estamos dizendo isso porque não queremos que vocês pensem que Victor e George são culpados. Alguém esta por trás disso, mas, por favor, não cometam o mesmo erro que nós. Não tentem investigar sozinhos. Não queremos que vocês sejam presos também. Por favor, se comportem — ela implorou.

O som de alguém batendo na porta provocou o fim da conversa. Milet abriu levemente a porta, entrando na sala com passos cuidadosos.

— Acho que temos a solução para o caso da custódia — disse ele com um sorriso gentil. — Julius, por favor, traga sua amiga aqui — ele chamou, virando as costas, e sua voz ecoou pelo corredor. Julius obedeceu e apareceu na sala acompanhado de uma jovem.

— Você não precisa fazer isso... — afirmou Albert, olhando para o rosto familiar. — Tem certeza?

— É um prazer ajudar — disse Caroline, aproximando-se do grupo. — Espero que vocês não se importem de ficar comigo por um tempinho.

— Vai ser meio esquisito morar na casa da professora — disse Nicolau. — Mas fico feliz de que você esteja nos ajudando.

— Obrigada, Caroline, estamos muito comovidas com seu gesto de solidariedade. — Sarah abraçou Caroline.

— Vocês não precisam me agradecer — disse Caroline afetuosamente. — Não se preocupe; eu farei o melhor para cuidar de seus filhos.

Caroline morava sozinha em uma casa perto da escola. O lugar era decorado com cores fortes: um sofá roxo, o teto laranja vivo e enfeites vermelhos espalhados. A sala tinha cheiro de uma mistura de baunilha e pêssego. Duas paredes inteiras estavam decoradas com vídeos de lembranças, metade de quando ela era bebê, com os pais. A outra metade a mostrava em idades diferentes, jogando esportes, dançando e sorrindo... mas sua mãe não aparecia em nenhuma dessas, apenas seu pai. Albert olhou para Caroline com solidariedade. Após uma rápida visita por todos os quartos, ela preparou um enorme café da manhã para os novos hóspedes. Sanduíches, ovos, bolo, iogurte e sucos estavam perfeitamente arrumados em uma toalha verde.

Albert se esforçava para sorrir. A última coisa que ele queria era parecer ingrato, mas ainda tinha dificuldade para digerir os últimos acontecimentos. Estava uma bagunça por dentro, sentindo-se sozinho e abandonado. Sua vida estava de pernas para o ar, destruída, e, apesar de saber que tinha de fazer algo, ele não conseguia encontrar forças para reagir.

— Esta casa não é grande demais para você? — Nicolau quebrou o silêncio enquanto devorava ferozmente um sanduíche.

Não havia sinal de preocupação no rosto de Nicolau. Albert se questionava como ele conseguia ficar tão calmo. Provavelmente nada havia se consolidado ainda na mente de Nicolau... ou talvez seu amigo fosse um eterno otimista que nunca perdia as esperanças... ele secretamente desejava ser um pouco assim também.

— Sim, é... Pareceu maior depois que meu pai faleceu... mas logo meu noivo, Adam, vai se mudar para cá — respondeu Caroline, observando os adolescentes atentamente.

— Eu não sabia que você estava noiva — disse Ruth.

— Estou noiva há mais de dois anos — dividiu Caroline. — Talvez vocês tenham a chance de conhecê-lo em breve! Ele sabe um monte de histórias interessantes — ela disse com orgulho. — Ele é professor de história da universidade.

— Seria ótimo... — Ruth fez uma pausa para provar seu suco. — Apesar de não estarmos de fato no clima de aprender sobre a história de Gaia...

— Entendo... mas vocês não podem ficar deprimidos assim — aconselhou Caroline, preocupada. — Albert, tem mais pistas sobre o sonho?

—Não, mais nada — Albert murmurou. — Está claro que meus pais estão no escuro total e confusos com seus destinos. Também estamos ficando desesperados... mas não temos ideia de como ajudar...

— Quando chegar a hora certa, vocês vão saber o que fazer — Caroline os confortou.

— Sonho? Do que vocês estão falando? — perguntou Nicolau, com um pingo de mostarda no queixo.

— Nós meio que fomos avisados sobre a situação por um sonho. É uma longa história... — disse Albert. — Caroline, estou com um pouco de vergonha de perguntar, mas você gosta de cachorro?

— Adoro cachorro — Caroline respondeu. — Está perguntando se seu cachorro pode ficar aqui?

— Eu não queria deixar o Sabão sozinho na nossa casa... — ele disse.

— Vocês podem pegá-lo mais tarde se... — os olhos de Caroline foram ao encontro da figura parada na porta, com um vestido rosa e branco. Violet olhava para eles com um sorriso tímido no rosto.

— Me desculpe assustá-la assim, é que eu não consegui esperar para ver vocês — disse Violet.

Por um momento, Albert esqueceu toda sua tristeza e sorriu. A presença de Violet sempre tinha aquele efeito estranho. De alguma maneira ela conseguia extrair o melhor dele.

—Violet, você também é muito bem-vinda aqui! Por favor, junte-se a nós! — disse Caroline, gesticulando para Violet se aproximar.

Violet entrou e caminhou em direção à mesa e os abraçou um a um. O abraço dela era macio, aconchegante e caloroso, fazendo a dor de Albert desaparecer.

Albert, Ruth, Nicolau e Violet pegaram o Zoom logo após o café da manhã. Albert estava feliz em ter Violet a seu lado quando entrou em sua casa. Simplesmente não parecia seu lar daquela vez. Era impossível não sentir saudade da presença de seus pais, da voz deles, e o vazio do lugar o feria profundamente.

— Calma, garoto, não vamos deixar você sozinho de novo — Albert acariciou Sabão, que estava agitado e ficava saltando nas pernas dele.

— Há mais gente ainda que ontem... — comentou Ruth depois de ajustar a parede para modo transparente.

Quase uma centena de manifestantes estavam reunidos no gramado. Alguns dormiam, alguns ainda choravam, e alguns apenas olhavam para a casa, como se pudessem ver através dos tijolos até lá dentro. Albert não os culpava. Eles não sabiam o que havia acontecido realmente. Sabiam apenas o que havia sido informado pelo noticiário e pelos investigadores. Estavam magoados. Uma dor daquelas podia fazer qualquer um perder o bom-senso e se render às emoções.

— Nunca vi esse tipo de coisa em Gaia! — exclamou Violet, assustada.

— Nem eu... — disse Nicolau. — Não posso acreditar que Albert foi avisado sobre essa loucura em um sonho...

— Albert, você foi avisado sobre a situação de sua família em um sonho? — Violet perguntou, virando-se para olhar para Albert. — Por que não me disse nada?

— Eu também acabei de descobrir — Nicolau se intrometeu.

— Esperávamos que o sonho fosse só um sonho... não uma revelação. — Albert se aproximou de Violet.

— E depois que confirmamos a revelação, não estávamos no clima de contar... — Ruth confessou. — Apenas não sabíamos como lidar com isso.

— Entendo — disse Violet, virando-se para encarar a multidão.

— Fico feliz que você tenha entendido — Albert cochichou no ouvido de Violet. — A última coisa que eu quero é magoar você...

A menina corou e tentou recuperar seus pensamentos.

— Fico feliz que você tenha sido alertado por um sonho... — disse Violet. — Revelações não são apenas avisos, mas também mostram que o destino pode ser mudado.

— Isso é tão confuso — disse Albert. — Não tenho ideia de como ajudar meus pais. É como se meu mundo estivesse desmoronando e minhas mãos estivessem amarradas.

— Só tenha em mente que a chave para um sonho é sua intuição — Violet enfatizou. — Se a sua intuição diz que seus pais não são culpados, então eles realmente não devem ser.

— Deveríamos aprender a seguir nossos instintos como o Sabão... — Ruth pensou em voz alta, apontando para uma pilha bagunçada de ração de chocolate no chão. O grupo riu. — Como ele encontrou o pacote? A porta está trancada e seu servidor de comida fica lá fora, na varanda...

— Acho que ele é mais esperto do que achávamos... — disse Albert, segurando o cachorro nos braços e caminhando em direção à garagem.

Quando eles chegaram aos fundos da casa de Caroline, Sabão se libertou e correu livre, cuidando para que cada coisa na casa fosse bem inspecionada por seu focinho. Quando viu Caroline na sala, ele saltou no sofá e cumprimentou sua nova amiga.

— Olá, Sabão! — disse Caroline baixinho, com olhos distantes. — Prazer em conhecê-lo! — Ela acariciou o cachorro enquanto ele cheirava a mão dela.

— Tem algo de errado, Caroline? — perguntou Ruth, sentando no canto do sofá.

Caroline engoliu em seco e olhou para Ruth.

— Milet acabou de ligar para avisar de uma sessão de última hora e fomos convidados a participar.

— Espero que não seja para declarar o fim das investigações — disse Albert com sua crise interna voltando.

— Isso seria ruim para seus pais — Caroline disse em voz baixa, encarando o chão.

— Tudo vai ficar bem... — confortou Violet, em uma tentativa sem sucesso de animá-los. — Preciso ir agora... por favor, me liguem depois da reunião. — Ela se voltou para Ruth.

— Ligo — prometeu Ruth, abraçando a amiga. — Obrigada pelo apoio.

— Obrigado mesmo, isso é muito importante para nós — acrescentou Albert, tentando encontrar nos olhos azuis de Violet a força de que ele precisava.

DOZE

O Conselho lembrava um tribunal. Cadeiras brancas altas formavam um círculo e, no centro, uma enorme luz circular flutuante preenchia o interior em um tom laranja-amarelado.

Quando o trio chegou com Caroline ao Conselho, seus membros, entre eles Julius e Randy, já estavam sentados, vestidos em fardões formais brancos. Os quatro suspeitos estavam sentados no centro. Caroline e os adolescentes tomaram seus assentos na área de convidados, perto da entrada. A reunião havia acabado de começar.

— Prezados membros deste Conselho — começou Milet, em uma voz forte e calma. Ele ficou na frente de sua cadeira. — A razão para esta reunião de última hora é a investigação de roubo que resultou na morte de nosso antigo presidente, Ulysses. Algumas horas atrás, Lionel trouxe sérias acusações que agora devemos compartilhar com todos os membros, como nossa lei estipula. Precisamos escutá-lo calmamente.

Lionel se levantou abruptamente da cadeira e olhou com o semblante grave para os que estavam presentes.

— Boa tarde, membros deste conselho. Por motivos pessoais, andei investigando a morte de meu pai com a permissão de Randy. Preciso trazer alguns fatos importantes ao seu conhecimento. Primeiramente, gostaria de pedir a

Sophia que se levantasse e nos contasse o que descobriu na casa do meu pai.

Sophia se levantou, ajeitou o cabelo e virou-se para olhar para Nicolau antes de fazer sua declaração.

— Havia outra pessoa na residência de Ulysses na noite do crime — disse Sophia. — Victor e George caíram em uma armação planejada pelo verdadeiro criminoso! — ela gritou.

— Eu voltei para a casa do meu pai imediatamente após a prisão dos suspeitos, alguns minutos antes das 6 horas da manhã, com a lanterna a laser mais eficiente que pude arrumar, e posso confirmar que o que ela nos disse é verdade — relatou Lionel. — Só a primeira parte, já que eles não foram culpados injustamente — ele enfatizou.

— O que quer dizer com a primeira parte apenas? — protestou Sophia indignada, levantando-se da cadeira. — Foi tudo armado para eles serem incriminados! Foi sim!

Os membros do Conselho olharam-se com espanto.

— Sophia, peço que você respeite a sessão deste Conselho permanecendo em silêncio, exceto quando uma pergunta for dirigida a você — Milet disse firmemente. — Entendo que você esteja muito emotiva, mas essas são as regras.

Franzindo a testa, Sophia obedeceu.

— Eu gostaria de pedir que o doutor Framon se levantasse — Lionel prosseguiu. — Como vocês todos sabem, ele é o chefe da equipe médica responsável pela análise em laboratório do sangue dos suspeitos. Pode nos contar os resultados?

O doutor Framon, um homem magro de ombros largos e má postura, se levantou de sua cadeira. Endireitou o blazer branco antes de ler suas anotações.

— Encontramos nas amostras de sangue um Intensificador proibido.

— Pode, por favor, nos falar qual é o tipo de Intensificador e o que ele faz? — perguntou Lionel, caminhando em direção aos suspeitos no centro do círculo.

— A substância aumenta a raiva e a frustração de alguém ao ponto máximo — disse doutor Framon, olhando para os suspeitos.

— Mas essa substância é capaz de fazer alguém agir contra sua vontade? — questionou Lionel.

— Que tipo de pergunta é essa? — gritou Sophia. — Claro que sim! Meu marido nunca iria cometer um crime de livre e espontânea vontade!

— Sophia, por favor, contenha-se, ou não poderá mais participar destes procedimentos — Milet a reprovou. — Doutor Framon, por favor, responda à pergunta de Lionel. Esse Intensificador pode distorcer os pensamentos de uma pessoa e incentivá-la a fazer algo que ela não faria de outro modo?

— Não, absolutamente não — respondeu o médico. — Esse Intensificador apenas traz à tona o que está dentro de você. Não pode fazer você quebrar seus princípios ou fazer algo que você nunca seria capaz de fazer de outro modo. Contudo, se você já está planejando algo mas tem muito medo de fazer, o Intensificador elimina as barreiras.

— Obrigado, doutor — disse Lionel. — Senhoras e senhores, baseado nesse relatório médico, peço permissão para trazer um novo suspeito a este caso: Julius Alsky.

Albert quase caiu da cadeira. Ruth buscou imediatamente sua mão, mas desta vez ele não conseguia dar apoio emocional. Ele ouviu direito? Julius era um criminoso? Isso seria possível?

— Ele é o tutor das famílias Klein e Becker, e as vem acompanhando desde o início de seus processos de imigração — continuou Lionel, que estava em pé na frente de Julius. — Ele conhece suas fraquezas e rotinas.

Julius encarou Lionel.

— O fato de eu saber muito sobre essas famílias não pode me tornar o principal suspeito!

— Claro que pode — Lionel ergueu o tom de voz. — Quando você sentiu que era o momento certo de agir, você provocou as frustrações de Victor. Algumas horas antes do crime, Julius deu aula na casa da família Klein. Ele teve a oportunidade de colocar uma substância ilegal na bebida de Victor, intensificando sua raiva. Coincidência ou não, também fiquei sabendo que nesse mesmo dia Julius havia almoçado com George. Certo, George?

George, constrangido com a situação, se inclinou levemente em sua cadeira.

— Correto, Lionel.

— O almoço aconteceu antes ou depois de sua discussão com seu supervisor? — perguntou Lionel, caminhando em direção a George.

— Essa pergunta não tem fundamento! — Julius contrariou Milet. Mas o novo presidente fez sinal para George responder.

— Foi antes — informou George. — Nós almoçamos juntos e, algumas horas depois, tive uma discussão com meu chefe.

— Então isso explica tudo! — Lionel exclamou. — Victor e George invadiram a casa do meu pai para roubar documentos. Enquanto um procurava no primeiro andar, o outro subiu para o quarto. Meu pai acordou com o barulho de alguém revirando suas coisas e teve um ataque cardíaco.

George e Victor terminaram o trabalho deles, coletando todos os documentos secretos. O que eles não sabiam era que os documentos estavam protegidos por um poderoso composto químico. Mas Julius sabia. Ele esperou que a química os derrubasse para roubar deles os documentos.

— Isso faz sentido — disse Randy. — Exceto que os dados não estavam faltando — ele continuou em um tom condescendente. — Todos os documentos foram encontrados perto dos suspeitos.

— Eu não roubei o Ulysses! — Julius protestou.

— Randy, é bem simples — continuou Lionel. — Com luvas especiais, Julius copiou todos os dados secretos para seu EMO e deixou George e Victor inconscientes na rua com todas as evidências do crime ao lado deles.

— Essas são acusações muito graves, Lionel. — Milet encostou de volta em sua cadeira. Ele olhou para Julius, depois para Lionel, refletindo. — Acho que poderíamos verificar essa alegação agora. Julius, por favor, dê seu EMO a Randy.

— Está falando sério, senhor? — perguntou Julius, amargamente. Milet assentiu. Relutante, Julius se levantou da cadeira, caminhou em direção a Randy e entregou seu aparelho. Olhou com raiva para Lionel antes de voltar a seu assento.

Com dedos rápidos e sob o olhar curioso de todos, Randy começou a examinar o equipamento, parando alguns segundos para ler o conteúdo. Lançou um olhar para Milet, sem saber se poderia pronunciar sua declaração.

— Randy, seus pensamentos serão muito apreciados — disse Milet.

— As alegações são verdadeiras — disse Randy, voltando-se para Julius.

— Não é possível! Eu nunca vi esses documentos — alegou Julius. — Por que você não analisa minha memória e verifica o que estou dizendo?

— Você não acha que vamos cair nessa armadilha, acha? — retrucou Lionel. — Qualquer um com seu conhecimento pode controlar emoções e memórias.

— Lionel está certo, Julius — Milet concordou. — Que garantia teríamos de que você não iria bloquear o acesso a certas lembranças e criar outras? Você é um especialista em autocontrole.

— Mas preciso dizer que isso é meio absurdo... — interveio Randy. — Por que Julius iria querer acesso a informações secretas?

Albert suspeitava de que o comentário de Randy tinha menos relação com saber os motivos de Julius e mais com sua frustração de não ter, ele mesmo, descoberto a verdade.

— Para responder a essa pergunta, vou revelar um fato que estou investigando há algum tempo... — disse Lionel.

— Lionel, temo que você não tenha me informado sobre essa investigação paralela... — Milet interrompeu.

— Mais investigações secretas, Lionel? — questionou Randy. — Sou o investigador-chefe, devo ser alertado de todas as investigações que estão ocorrendo!

— Perdoem-me por esse erro, Milet e Randy, mas, por favor, permitam que eu compartilhe o que descobri — Lionel se desculpou. — Asseguro que vocês acharão muito esclarecedor.

Com o gesto de concordância de Milet, Lionel continuou. — Julius tem ido à Terra sem permissão, desrespeitando nossa regra de que toda viagem à Terra deve ser aprovada pelo presidente e por todos os membros deste Conselho. Algo tão planejado assim e escondido só pode provar a intenção de Julius. Ele queria levar toda a informação secreta para a Terra, onde a revelaria para ser considerado um gênio e ser idolatrado como um rei. Ambição foi sua motivação.

Vozes dispersas ecoaram pela sala. Os membros olharam-se chocados e confusos.

— Julius, isso é verdade? — perguntou Milet. — Você tem visitado a Terra sem nosso consentimento? Sim ou não?

— Sim, Milet, nos últimos dois anos — confessou Julius. O burburinho aumentou. — Mas deixe-me explicar — ele pediu, levantando-se de sua cadeira. — Como vocês sabem, eu vim para Gaia muito jovem, quando Ulysses me adotou de um orfanato na Terra. Durante todo esse tempo fui criado pela prima de Ulysses, Martha, que morreu há alguns anos. Eu sempre acreditei que minha verdadeira família estava morta. Mas há exatos dois anos minha vida e tudo o que eu acreditava sofreram grandes mudanças.

— Por que está nos dizendo isso? — perguntou Milet. — Por que isso seria relevante para seu caso?

— Ulysses confessou ser meu pai — disse Julius.

A comoção entre os presentes foi incontrolável.

— Você está mentindo! — gritou Lionel.

— Sou o resultado de um relacionamento que ele teve na Terra com uma jovem de poucos recursos financeiros. Ela não pôde me criar e me deu para adoção — disse Julius. — Ulysses disse que não conseguiu viver longe de mim, então me trouxe para Gaia, mas nunca teve coragem de contar a ninguém sobre seu relacionamento com minha mãe; ele não queria causar sofrimento à esposa e ao filho com suas mentiras e traição.

— Você está inventando isso! — acusou Lionel furioso.

— Minhas visitas à Terra ocorreram depois que fiquei sabendo da verdade — continuou Julius. — Fui para a Terra com aprovação de Ulysses; ele encobriu minha viagem para que ninguém pudesse suspeitar de nada. Tenho visitado regularmente minha mãe desde então.

Os membros continuaram falando entre si, e Milet foi obrigado a se levantar de sua cadeira para ser ouvido.

— Aqui termino a sessão de hoje. Temos muito o que investigar e muitos fatos precisam ser verificados. Porém, por causa das novas evidências, Julius será detido. Victor e George também permanecerão no Centro de Investigações, por ainda serem possíveis culpados, já que o Intensificador apenas os incitou a fazer o que eles já haviam planejado. — Ele respirou fundo antes de continuar. — Sarah e Sophia também ainda são suspeitas.

— Eu só gostaria de acrescentar que nunca poderia planejar um crime e pôr a culpa em outra pessoa — disse Julius. — Eu sempre gostei da família Becker e da família Klein, todos eram meus amigos.

— Você nem os defendeu! Que tipo de amigo é você? — atacou Lionel.

— Julius e Lionel, eu já disse que é suficiente por hoje! — Miles interrompeu. — Quero deixar claro que farei tudo em meu poder para ver a verdade revelada o quanto antes. Boa noite a todos.

Albert queria mesmo correr até Julius e exigir dele uma explicação plausível, mas o tutor foi imediatamente escoltado para fora da sala por guardas, junto a seus pais. Agindo por impulso, Albert então caminhou na direção de Lionel, e apontou direto para seu rosto.

— Olha, vou provar para você que meu pai e minha mãe são inocentes. Espere só e verá!

Lionel encarou Albert e abaixou seu dedo.

— Mostre-me alguma prova e ficarei ao seu lado. A única coisa que quero realmente é a verdade. Devo isso ao meu pai — disse ele saindo da sala e deixando Albert sem palavras.

Refletindo sobre tudo o que foi dito na reunião, os adolescentes seguiram com Caroline para sua casa. A professora pôs a mesa do jantar em completo silêncio, respeitando a dor deles. O silêncio permaneceu durante o jantar.

Era difícil não ficar decepcionado. Pensar que Julius estava mentindo para eles desde o início era profundamente doloroso para Albert. Ele se sentia apunhalado pelas costas... em uma armadilha... mas ao mesmo tempo ele se culpava. Como podia ter sido tão ingênuo e feito um julgamento tão ruim do caráter das pessoas? Como podia ter confiado tão facilmente em Julius? Como? Não importava agora... seus pais já haviam sido vítimas do golpe de Julius e explorados. Mas haviam sido completamente vítimas? Algo dentro dele recusava-se a acreditar que seu pai era um criminoso, mas ele não podia ignorar as palavras do médico. O Intensificador só podia fazer alguém realizar o que já estava planejando. Seu pai era um cientista... alguém que sempre podia ser levado a buscar novas respostas e maneiras de ajudar a sociedade a prosperar por intermédio da tecnologia. Mas sua curiosidade seria forte o suficiente para se sobrepor a seus valores morais? Ele seria capaz de colocar a família em risco apenas para satisfazer a fome de sua mente científica?

— Sabe... faz muito sentido! — Nicolau quebrou o silêncio. — É como peças de um quebra-cabeça... Julius foi motivado por sua ambição, por sua amargura e por sua inveja.

— Sim, faz sentido… — concordou Ruth, brincando com o resto da comida no prato. — Mas como podemos provar que Julius agiu sozinho, e que nossos pais são inocentes?

— Há alguma chance de o relatório médico estar errado, Caroline? — perguntou Albert. — O doutor pode ter se enganado?

— Não creio — disse Caroline, tentando encontrar as palavras certas. — Um grupo inteiro de médicos de renome estava por trás do relatório médico. Apesar de o doutor Framon ser o encarregado, ele não tirou as conclusões sozinho.

— Sabe… Estou tão confuso com tudo isso… — confessou Albert. — Por que tenho esses sonhos se não posso encontrar uma solução? Talvez o sonho fosse apenas para me preparar psicologicamente para o fracasso... Parece que não há nada que eu possa fazer para ajudar!

— Talvez você possa ajudar Lionel em suas investigações — sugeriu Caroline.

— Você acha mesmo? — questionou Albert, bebericando seu suco.

Caroline se debruçou sobre a mesa.

— Vocês querem que eu diga o que estou realmente pensando?

— Sim, por favor, Caroline — pediu Ruth.

— O que Lionel disse parece fazer sentido, mas... conheço Julius há muito tempo... ele ajudou a mim e a meu pai em nossa transferência para Gaia... Seus olhos são cheios de bondade e cuidado...

— Sei o que você quer dizer — disse Nicolau, o único que comia sobremesa — um pudim de morango coberto com sorvete de menta.

— Sei que vocês acreditam profundamente na inocência de seus pais, mas o que acham de Julius? — perguntou Caroline.

Os jovens ficaram quietos por um momento, refletindo.

— Acho que vocês deveriam seguir sua intuição. É minha única sugestão... — continuou Caroline. Ela tomou um gole de água e seu rosto se iluminou. — Albert, você não se lembra de nenhum detalhe do seu sonho? Você nos contou tudo, exatamente como aconteceu?

— Sim, eu disse tudo a você... — disse Albert. O interrogatório o irritou. A verdade era que ele estava cansado daquela conversa de sonho. Não queria um dom que não tinha nenhuma utilidade além de fazê-lo sentir-se nervoso por antecipação e frustrado por não ser capaz de decifrá-lo corretamente, quando havia vidas de outras pessoas em jogo, dependendo dele. — Eu não omiti nenhum detalhe relevante — Albert jurou, enquanto passava os restos do seu jantar para Sabão.

— Você considera algum detalhe irrelevante? — perguntou Caroline, intrigada.

Ele tentou disfarçar sua impaciência.

— Havia um som no fundo do meu sonho... Mas isso não faz nenhum sentido...

— O que era? — perguntou Caroline.

— Algo que eu nunca ouvi antes. Acho que não era uma palavra porque não consegui encontrar em nenhum dicionário. — Ele tentou revolver o fundo de seu inconsciente. — O som que ficava sendo repetido soava como *ogof*... — Albert contou a eles, esforçando-se para terminar aquele assunto.

— *Ogof*? — repetiu Caroline, parecendo pálida. — Por que você não disse isso antes?

— Do que você está falando? — questionou Nicolau, com sua colher congelada no meio do caminho.

— Preciso confirmar alguns fatos antes de dizer qualquer coisa. Não quero tirar conclusões precipitadas. Está muito tarde, mas vou marcar um encontro amanhã com meu noivo — disse Caroline, saindo da sala com olhos distantes. Os adolescentes permaneceram na mesa, olhando uns para os outros, preocupados e confusos.

TREZE

— Como convenceu Caroline a nos deixar faltar à escola hoje? — perguntou Nicolau surpreso a Violet.

Sentado no sofá com Ruth e Nicolau, Albert analisava atentamente os movimentos e as expressões de Violet. Havia algo de estranho nela... ele havia notado isso desde que ela havia chegado à casa de Caroline naquela manhã, falando depressa e evitando contato visual. Parecia frágil, agitada e triste... como ele.

— Eu apenas disse a Caroline que tinha uma boa razão e que ela deveria confiar em mim... — Violet respondeu. — Ela só me fez prometer que vocês estariam de volta antes de o sol se pôr. Ela mencionou algo sobre seu noivo...

— Então, o que de tão importante você tinha de falar com a gente? — perguntou Albert.

— Eu tenho um plano — começou Violet. — Eu sempre soube que não há crime perfeito; aposto que o criminoso fez algo errado e precisamos descobrir o que é...

— Violet, não podemos invadir de novo a casa do Ulysses — Ruth a interrompeu. — Provavelmente Randy ainda a está monitorando.

— Sei do detector de pessoas — continuou Violet, passando nervosamente seus longos dedos pelo cabelo. — Ontem fiquei pensando sobre o Sabão ter encontrado o pacote de ração de cachorro de chocolate que vocês esconderam, então me lembrei de ele farejando todos os cômodos aqui da casa de Caroline quando chegou...

— Espera um minuto, você está dizendo que Sabão deveria invadir a casa de Ulysses para investigar? — perguntou Nicolau rindo. Um olhar atravessado de Violet o forçou a levá-la a sério.

— O cachorro de Ulysses morreu há poucos anos, então há uma entrada especial para cachorros nos fundos. Sabão podia usar essa entrada para buscar pistas! — sugeriu Violet.

— Mas Violet, como Sabão vai vasculhar a casa? Ele é um cachorro. Ele só fareja! — disse Albert, cuidadosamente.

— Ótimo, é tudo de que precisamos! — Violet se agachou para acariciar Sabão. — Sei que parece loucura, mas não temos mais opções. Minha ideia é simples! Vou explicar tudo a caminho do Jardim Botânico.

— Jardim Botânico? — repetiu Ruth, confusa.

— Sim, isso mesmo! — disse Caroline, sem mais explicações.

A entrada era de tirar o fôlego. Copos-de-leite cercavam um tranquilo lago verde, no qual desaguavam duas pequenas cascatas. Uma ponte de vidro os levou por entre as cachoeiras até os jardins floridos.

Albert sentia uma forte vontade de deitar, fechar seus olhos e deixar o sol evaporar todos os seus problemas enquanto ele se concentrava no som da água que caía. Seu corpo inteiro parecia se acalmar enquanto ele observava as cercanias, longe dos problemas que o haviam trazido ao local.

O oásis colorido era cortado por duas trilhas cercadas por árvores altas. Conforme eles escolhiam uma para seguir, sua presença atraiu a atenção de alguns funcionários, que cuidadosamente podavam as flores.

— Talvez devêssemos nos separar... — sugeriu Ruth, desviando o olhar de um funcionário que os observava.

— Concordo — disse Violet. — Não podemos deixá-los pensar que estamos tramando algo... Eu vou com Albert e Sabão pela outra trilha... ambas vão nos levar ao mesmo lugar. Dessa maneira eles vão pensar que somos apenas casais de namorados curtindo um passeio romântico. — Ela pegou a mão de Albert e o puxou para o outro lado.

À medida que andavam pelo caminho, passando por tulipas de diversas cores e tamanhos, o coração Albert acelerou. Como queria que eles estivessem ali em circunstâncias diferentes! As mãos frias de Violet tocando as suas e aquele lugar de tirar o fôlego o deixavam desorientado. A menina ao seu lado significava tanto para ele que a ideia de perdê-la anestesiava todo o seu corpo. Havia grandes chances de ele deixar Gaia em breve... sem nem ter tido a chance de dizer a ela o que realmente sentia.

— Você não precisava fazer isso por nós, Violet — disse Albert. Ele se abaixou, pegou uma tulipa vermelha e a colocou atrás da orelha de Violet. — Você não deveria correr riscos...

— Sim, deveria... — Violet o cortou. — Você acha que eu ficaria bem se perdesse meus melhores amigos? Se vocês voltarem à Terra, não vão se lembrar de Gaia, não se lembrarão de mim... mas vou ter de aprender a viver com a dor de perder vocês.... Vou ficar triste por anos e anos...

— Não quero esquecer seu rosto, Violet... — Albert parou e encarou os olhos de Violet. — Não quero esquecê-la... e acho que nada nem ninguém poderia apagar seu rosto da minha memória.

Violet foi em direção aos braços de Albert. Ele a apertou forte, tentando protegê-la de toda a dor. Quando ela o soltou, ele limpou suas lágrimas com os dedos e beijou suavemente seu rosto. Ele estudou seu rosto atentamente, tentando decifrar seus pensamentos, mas a face dela era ilegível.

— Devemos ir agora… — disse Violet, recompondo-se. — Não queremos fazê-los esperar... — Ela segurou a mão dele e retomou seus passos.

Violet permaneceu em completo silêncio pelo resto da caminhada. Mas ele não se importou. Não era necessário, pois ambos já haviam dito o suficiente.

Após passar por alguns canteiros de flores e árvores esculpidas, eles chegaram a uma cerca-viva com rosas acinzentadas que pareciam assinalar o final do caminho.

— Onde eles estão? — perguntou Albert, olhando ao redor.

— Psiu, aqui! — uma voz abafada atraiu a atenção deles.

— Vocês já pularam a cerca? — Violet sussurrou, certificando-se de que eles não estavam sendo observados.

— Vocês demoraram muito! — respondeu Nicolau, com seu rosto aparecendo por detrás da cerca. — Não podíamos ficar aqui esperando...

Albert agarrou Sabão nos braços e rapidamente passou o cachorro a Nicolau, que então voltou a se esconder. Após ajudar Violet, Albert deu alguns passos para trás para tomar impulso. Mas, quando finalmente saltou a cerca, sua perna direita ficou presa nos espinhos.

— Tudo bem, cara, eu ajudo você! — ofereceu Nicolau, puxando os braços de Albert com toda a força.

Ao sentir os espinhos cortarem sua pele, Albert soltou um grito abafado.

— Valeu mesmo, Nicolau... — Albert ironizou.

— Não precisa me agradecer, você sabe que eu sempre dou cobertura — disse Nicolau, estendendo a mão para um cumprimento amigável.

Albert começou a examinar os arredores. Ele tinha de admitir que era uma maneira inteligente de chegar ao fundo da casa de Ulysses. Assim ficavam protegidos da visão dos jardineiros e as numerosas árvores nos fundos ofereciam a privacidade necessária para seguir com o plano.

— A entrada para o Sabão é bem aqui — Violet observou, apontando para uma entradinha para o tamanho de um cachorro na parede. Depois de remover as flores que a cobriam, ela verificou que não estava trancada.

— Nossa, eu nunca teria notado essa porta se você não a tivesse mostrado! — disse Ruth, emergindo de detrás de uma árvore e rastejando em direção à porta.

Concentrada, Violet segurou Sabão no colo e colocou um pequeno mecanismo do tamanho de um botão em seu focinho. Sabão o lambeu por um tempinho, então parou.

— Agora é hora do Intensificador de odores... — disse Violet, tirando uma garrafinha em forma de I do bolso junto a um biscoito. Depois de virar todo o conteúdo da garrafa no biscoito, ela deixou Sabão comer a metade. A outra metade ela jogou dentro da casa, pela porta para o cachorro. Sabão caiu na armadilha e foi caçar a comida.

Violet então ampliou seu EMO e os outros se sentaram ao seu lado para assistir às imagens que já estavam sendo filmadas e automaticamente transmitidas por Sabão.

Sabão começou sua investigação na sala, cheirando intensamente um sofá, uma planta, um tapete verde-claro e uma mesinha de centro. Apesar de a transmissão ser em alta qualidade, a luz fraca da sala e a forma como Sabão andava rapidamente e movia a cabeça não permitiam uma visão muito nítida.

— Então é assim que um cachorro vê o mundo! — Nicolau riu.

Sabão seguiu em direção à sala de jantar, onde se certificou de cheirar cada perna de cada cadeira que circundava a mesa. Depois disso, ele decidiu verificar os cantos do armário, onde achou alguns restos de comida. A possibilidade de ter deixado alguma comida para trás o levou a farejar cuidadosamente toda a sala mais uma vez.

— Isso poderia ser mais entediante? — reclamou Nicolau. — Violet, você não tem por acaso outro biscoitinho aí com você, né?

Ela o olhou com desaprovação.

— Que foi? Eu canalizo todo o meu estresse nas refeições. Eu tenho com a comida um relacionamento bem complexo.

Sabão subiu a escada de madeira. No quarto de Ulysses, o cão decidiu farejar algumas roupas que estavam sobre a poltrona. A reação do cachorro atraiu a atenção do grupo.

— Por que ele está farejando essas roupas assim? — Violet questionou.

— Ele sempre fareja nossas roupas, hoje não será diferente... — disse Albert.

— E agora ele está de volta farejando o chão... — Violet narrou os movimentos de Sabão, com seus olhos fixos na tela.

— O que é isso? — Ruth interrompeu, apontando para uma forma borrada.

Os quarto amigos se apertaram para ver melhor.

— Só um chinelo debaixo da cama, nada demais — disse Albert.

— Então talvez o criminoso não tenha deixado nenhum rastro... — disse Violet, frustrada com o chão limpo.

— Espere! — Nicolau exclamou. — O que Sabão está fazendo?

— Ah, não... — Violet interrompeu. — Não me diga... ele acabou de subir na cama!

Os lençóis azuis da cama de Ulysses tomaram a tela toda.

— Sabão, você quer mesmo dormir agora? — grunhiu Ruth, envergonhada.

— Ele é apenas um cachorro que adora uma cama... — disse Albert. Estava difícil manter o rosto sério. Ele se sentia um tolo, vendo um cachorro vagar por uma casa na esperança de que ele não agisse como um animal, mas como algum tipo de agente de forças especiais em uma missão secreta... Isso é que era ser um tolo... — Não podemos esperar muito dele... — ele continuou, na esperança de que os outros concordassem e dessem a tentativa por encerrada. Mas ninguém respondeu. Eles nem piscavam. Os arranhões dos espinhos pareciam arder sob o sol e Albert começou a se sentir mal.

— Olhe! — disse Violet, apontando para um objeto encontrado pelo focinho de Sabão. — Estou louca ou...?

— É um colar? Você consegue aproximar mais a imagem, Violet? — pediu Ruth.

Violet deu um zoom e uma correntinha dourada quebrada com um pingente preencheu a tela. Eles agora podiam ver a imagem entalhada no pingente: um dragão cuspindo fogo.

— Albert, essa figura é idêntica àquele desenho que a Isadora nos mandou — lembrou-se Ruth.

Albert assentiu. Ele não conseguia acreditar que o cachorro acabava de provar que ele estava errado.

— Até onde eu sei, é um símbolo bem antigo... — disse Violet. — Minha mãe mantém registro de documentos ilegais para o Conselho. Um dia, quando eu entrei no escritório dela e ela estava examinando alguns arquivos, eu me lembro de ter visto exatamente a mesma imagem...

— Então é ilegal? — perguntou Nicolau.

— É sim — Violet confirmou. — Quando perguntei a ela sobre isso, ela disse que os documentos eram confidenciais e que ela não podia entrar em detalhes, mas disse que era uma imagem banida em Gaia, um símbolo de preconceito e ódio.

— A corrente provavelmente pertencia aos arquivos secretos de Ulysses e o criminoso deixou lá — Albert concluiu.

— Não podia pertencer aos arquivos de Ulysses — disse Violet. — Documentos banidos e confiscados não ficam com o presidente, e Ulysses nunca teria esse tipo de coisa. Ele sempre fez tudo o que podia para pôr fim à discriminação...

— Acho que chegamos a uma conclusão: o colar deve pertencer ao criminoso — disse Nicolau. — Mas como vamos pegá-lo? Não podemos entrar na casa para isso! — sua voz ficou mais alta e ele foi silenciado pelos amigos.

— Não precisamos pegar o colar… — cochichou Violet. — Só precisamos investigar quem poderia ser o dono.

— E parece que já temos uma pista, certo? — Nicolau acrescentou.

— Eu me pergunto como Isadora conhece o significado dessa imagem... é bem estranho — disse Violet.

— Acho que sei onde deveríamos ir para investigar... — disse Ruth, sacudindo as folhas secas grudadas em suas roupas.

— Primeiro precisamos dar a Sabão um motivo para sair da casa — disse Violet, colocando ração de chocolate na entrada. Pelo seu EMO, eles viram Sabão farejando atentamente e saindo do quarto. — Sinto muito não poder ir com vocês... Minha mãe acha que estou na escola e preciso voltar para casa a tempo.

— Você já ajudou muito, Violet. — Ruth abraçou a amiga. — Agora é hora de usar meu dom...

— O que você está falando? — questionou Albert.

— Bem, seu dom o alertou sobre tudo isso, Albert. Agora espero que meu dom possa ser útil também... — disse ela, sem mais explicações.

QUATORZE

O sol estava baixo no céu. O vento frio avermelhava seus rostos, tornando a espera ainda mais desconfortável. Por mais de uma hora, eles ficaram totalmente alertas, buscando seu alvo. Talvez não tivesse sido tanto tempo assim, ponderou Albert. Sua ansiedade provavelmente havia alterado sua percepção de tempo. Ele se sentia um criminoso escondido atrás de outra árvore no gramado da escola, mas sabia que as coisas podiam facilmente sair de controle se alguém os descobrisse. Observar aqueles rostos familiares saindo com alegria da escola tornava Albert ainda mais infeliz e, por um momento, ele os invejou. Não suas vidas, mas a ingenuidade e a completa confiança que eles tinham nos outros. Ele pensou com tristeza que, independentemente dos resultados dos acontecimentos recentes, ele não ousaria se abrir assim novamente.

— Nosso alvo está sozinho — relatou Nicolau, deitado no chão e usando seu EMO como um par de binóculos. Ele parecia estar gostando de sua tarefa. — Isso certamente torna as coisas mais fáceis para nós.

— Por favor, fiquem aqui vocês dois — ordenou Ruth. — Eu prefiro fazer isso sozinha.

— Tem certeza? — Albert sussurrou para Ruth. Apesar de confiar no plano inspirado dela, ele sentia necessidade de proteger a irmã mais do que nunca.

— Sim... Ulysses disse que as pessoas são sinceras comigo... Então vou ter de confiar nisso... — disse Ruth.

— Vá agora! — disse Nicolau, acenando loucamente.

Ruth saiu detrás de uma árvore e se tornou visível, caminhando ao lado de Phin. Após alguns passos, Phin parou, surpreso.

— Ei! Que bom vê-la... Eu estava preocupado... — ele disse, analisando o rosto de Ruth. — Como está indo?

— Estou bem, apenas tentando sobreviver... — respondeu Ruth, olhando para o chão.

— Há algo que eu possa fazer? — ele perguntou solidário, colocando a mão no braço dela.

— Na verdade, sim — disse Ruth, reunindo coragem. — Preciso de uma informação... Eu esperava que você...

— O que é? Pode falar!

Ruth respirou fundo, decidindo ir direto ao ponto.

— Quando meu pai foi preso, Isadora me mandou uma foto de um dragão cuspindo fogo e...

— E como eu namorava a Isadora, você acha... — Phin a interrompeu.

— Bem, não posso contar com a ajuda de Isadora... — Ruth olhou para os olhos cinza dele. — Ela já tinha mostrado a você antes?

— Não... não tinha... — disse Phin, afastando os olhos do olhar de Ruth, mas sem conseguir disfarçar certa relutância.

— Mas você já viu esse retrato do dragão antes? — ela insistiu.

— Não... não com ela...

Ela apertou a mão dele.

— Phin, não vou trazer problemas pra você, prometo... Mas, por favor, essa informação é muito importante... Você sabe alguma coisa sobre isso? Qualquer coisa?

— Mais ou menos... Quer dizer, já vi o dragão, mas não com Isadora — ele hesitou.

— Onde você o viu? — questionou Ruth com olhos inquisidores.

Phin suspirou, então olhou ao redor para se certificar de que eles não estavam sendo observados.

— Uma noite, quando eu estava jantando na casa da Isadora, o pai dela se inclinou para se sentar e uma correntinha que ele usava saiu por detrás de sua camisa... ele a escondeu imediatamente... mas eu vi o pingente...

Ruth rapidamente passou seu EMO para o Phin.

— Você pode me dizer se era este o colar que Lionel usava? — ela perguntou, mostrando a ele a imagem que havia salvado.

Phin segurou o equipamento e analisou a foto por alguns segundos.

— É idêntico... — ele fez uma pausa, sem saber se deveria dizer mais. Ruth encontrou seu olhar, tentando afastar suas dúvidas, e garantir a ele que não havia razão para ele esconder qualquer coisa dela. — Eu... perguntei a Isadora alguns dias depois... sobre o significado do colar... — ele continuou. — Ela me disse que era o símbolo da população perfeita de Gaia.

— População perfeita? Ela não disse mais nada a você? — Ruth insistiu.

— Não, ela só disse isso — garantiu Phin.

— Que estranho… — Ela pegou o equipamento de volta, encolheu-o e o colocou no bolso de seu jeans. — Bem, muito obrigada, você ajudou muito... Preciso ir agora... — disse Ruth. Conforme ela se virava para partir, Phin a parou, pegando sua mão.

— Tenho pensado muito em você, desde nosso último encontro... — disse Phin, puxando Ruth para mais perto. — Eu adoraria jantar com você de novo...

— Me desculpe, mas... minha vida está de pernas para o ar agora... — disse Ruth, tentando disfarçar a dor em sua voz.

— Eu sei, e sinto muito por tudo... — Ele acariciou levemente a mão dela. — Espero que tudo dê certo.

Ruth deixou alguns segundos passar, permitindo-se perder-se nos olhos dele. Então colocou uma mão no peito dele e o beijou afetuosamente no rosto.

— Obrigada — ela disse baixinho, soltando sua mão do aperto dele e se afastando.

Depois de olhar sobre o ombro para confirmar que Phin tinha ido embora, Ruth voltou para a árvore onde Albert, Nicolau e Sabão permaneciam escondidos. Entretanto, eles não pareciam notar a presença dela.

— Há algo de errado? — ela perguntou, notando que os olhos deles estavam presos na tela de seus EMOs.

— Estávamos lendo as notícias... — disse Albert sem ânimo. — Parece que Julius acabou de tentar escapar...

— O quê? — Ruth se abaixou para olhar para os equipamentos deles.

— Ele alega que isso não é verdade... mas é difícil negar os fatos, certo? — disse Nicolau acariciando Sabão.

— O noticiário está dizendo que as autoridades agora estão mais convencidas da culpa dele... — comentou Albert.

Ruth se apoiou contra a árvore.

— Não sei o que pensar... Agora estou ainda mais confusa...

— Por quê? O que Phin disse? — questionou Albert, curioso.

— Conto tudo na casa da Caroline… já está na hora da reunião que ela marcou com seu noivo...

Caroline havia preparado uma surpresa interessante. Quando eles entraram na sala, uma leve brisa os recebeu através da luz fraca. Conforme sentiam os pés afundarem na areia clara, que substituía o chão duro, eles imediatamente notaram o cheiro de mar e o som das ondas misturado ao canto das cigarras. Sabão instantaneamente começou a uivar e correr em círculos. Então parou para escavar a areia.

O sofá da sala deu lugar a cinco cadeiras de praia que circulavam uma bandeja de prata flutuante e em chamas.

— Fogueira! — exclamou Ruth, admirando a preparação de Caroline.

— É, imaginei que vocês pudessem estar sentindo saudade de casa hoje, então... espero que curtam! — disse Caroline, levantando-se de sua cadeira.

— É incrível! — Nicolau correu para sentar perto do fogo.

— Nicolau, onde está sua educação, cara? — Albert repreendeu o amigo. — É um prazer conhecê-lo — ele disse, estendendo a mão para o noivo de Caroline, que estava parado ao lado dela, com um sorriso amistoso.

— Prazer em conhecê-lo também, sou Adam — ele disse, com um forte aperto de mão. Seu cabelo castanho na altura dos ombros caía sobre os olhos.

— Então você é o noivo da Caroline! — disse Ruth. — Ela estava falando toda orgulhosa de você outro dia...

— É mesmo? — perguntou Adam, com um sorriso torto.

— Claro, tenho muito orgulho de você! — Caroline beijou Adam no rosto. — Estou feliz que estejamos todos aqui, eu estava ficando preocupada!

— Bem, foi um longo dia... — Ruth suspirou, esfregando as mãos junto do fogo. — Vamos contar tudo a vocês... mas primeiro vamos aproveitar a fogueira!

O calor trazido pelas chamas era exatamente do que Albert precisava naquela noite. Aquilo o fazia de fato relaxar e respirar profundamente, aliviando a pressão que caía sobre ele. A lua sobre o teto transparente o lembrava dos ciclos da vida e de como tudo era transitório. Os acontecimentos podiam ter novos rumos, certos fatos podiam ter novas interpretações e as verdadeiras cores das pessoas podiam ser reveladas. A vida seria sempre imprevisível, e o tempo iria provar isso. Ele sabia que era apenas uma questão de paciência e perseverança.

Saboreando marshmallows com chocolate e bebendo um chá quente e forte, eles ficaram sabendo mais sobre o noivo de Caroline. Adam era daquelas pessoas cuja paixão pela vida parecia transbordar. Ele conquistava facilmente a atenção de um grupo com suas histórias visuais e cativantes e as palavras eram pronunciadas como se tivessem sido escolhidas especialmente para a ocasião.

Definindo-se como um homem que adorava encontrar a verdade por trás dos fatos, Adam confessou que havia herdado essa paixão de seu pai, que gostava de dissertar por horas sobre o passado de Gaia e da Terra, motivando seus estudos de histórias misteriosas e controvérsias.

O carisma e a eloquência de Adam fascinavam o jovem grupo e um vínculo se estabeleceu rapidamente entre eles. Com olhos atentos, ele escutou Albert e Ruth narrarem o que haviam descoberto naquele dia. Quando terminaram, Adam se inclinou para a frente na cadeira; seus olhos brilhando. Levou alguns minutos para ele finalmente responder.

— Estou muito impressionado com a investigação de vocês... — disse Adam, olhando profundamente nos olhos deles. — É muito incrível...

— Vocês se arriscaram demais! — reclamou Caroline. — Mas foram muito criativos e espertos... Eu não poderia estar mais orgulhosa.

— Não importa agora, após as últimas notícias sobre Julius... Pelo visto, estávamos seguindo a trilha errada... — Ruth desabafou.

— É, ouvimos a notícia sobre Julius... As coisas estão feias para o lado dele... — Caroline confirmou.

— Mas o que aconteceu? Como ele tentou escapar? — Ruth questionou.

— Parece que ele fingiu estar tonto, caindo no chão enquanto conversava com o investigador-chefe — disse Caroline. — Randy achou que ele tinha desmaiado, então se abaixou para ajudá-lo, mas Julius o acertou e o deixou inconsciente.

— Uau! Eu não sabia que Julius tinha habilidades de um ninja profissional! — Nicolau riu da própria piada, enquanto colocava chocolate derretido em uma fatia grande de pão e a tostava no fogo.

Caroline ignorou o comentário.

— Julius agarrou o EMO de Randy e colocou na parede para que pudesse sair da sala. Mas Randy recuperou os sentidos bem na hora de evitar que ele fugisse.

— Agora ele está em apuros... — Adam concluiu. — Randy fez uma declaração de que estava tentando provar a inocência de Julius, mas agora havia aprendido que Julius não era mais aquela pessoa em quem ele confiou antes. Randy disse que os olhos de Julius estavam bem abertos quando ele o atacou, cheios de ódio, e seus dentes estavam cerrados. Ele disse que tentaria seguir com uma investigação imparcial, apesar de sua decepção.

— Os investigadores agora estão dizendo que esse tipo de comportamento os leva a acreditar que Julius tenha um distúrbio mental — acrescentou Caroline. — O noticiário está explorando essa teoria ao máximo.

— Isso está ficando muito esquisito para o meu gosto… — Albert pensou em voz alta.

— E quer saber o que é ainda mais estranho, Albert? — Caroline fez uma pausa, criando mais suspense. — Eu convidei Adam para que explicasse o significado da palavra que você ouviu no seu sonho... *Ogof*.

— O significado está bem na sua frente — Adam disse, deixando Albert intrigado.

— Não sou muito bom com enigmas e metáforas — confessou Albert, meio impaciente.

— Está literalmente na sua frente — disse Adam, com um sorriso.

Albert refletiu por um momento, enquanto pegava outro marshmallow e o espetava na ponta de um longo garfo de metal. Enquanto o observava ficar gradualmente dourado, a ideia lhe ocorreu.

— *Ogof* é fogo ao contrário… Quer dizer, é o som da palavra ao contrário — Albert decifrou.

Adam assentiu.

— E não apenas isso. *Ogof* é também o nome de um velho símbolo: o Dragão Opulento.

Ruth e Albert pararam de comer e olharam um para o outro. Nicolau engasgou, e teve de cuspir um pedaço de pão no fogo. Adam então continuou.

— O significado por trás disso é simples: representa a purificação racial por meio do fogo.

— Purificação por meio do fogo? — repetiu Ruth, esperando mais explicações.

— O fogo destrói, mata, simboliza aniquilação — disse Adam, jogando um pedaço de pão nas chamas e observando-o desaparecer. — O fogo é o único dos quatro elementos que pode ser produzido pelo homem. O dragão representa o defensor da raça de Gaia, que deve dar um fim em tudo e em todos que são danosos ao bem-estar dessa sociedade pura.

— Esse dragão data do tempo de Atlântida, quando místicos e sonhadores eram odiados e vistos como uma influência corrupta e desgraçada por um grupo extremista, os criadores do simbolismo do *Ogof* — acrescentou Caroline, segurando Sabão no colo.

— Durante essa época, místicos da ciência secreta eram seu alvo — disse Adam. — As coisas só mudaram quando o sonho que previa o desastre final de Atlântida foi confirmado.

— Então esse grupo terminou pouco antes de chegar a Gaia? — perguntou Albert, quase segurando o fôlego para não perder nada.

— Não, o clã continuou... mas com outro alvo. Os Escolhidos — disse Adam, fazendo o grupo de repente perder o apetite. — Quando o sistema de imigração começou, anos depois que a população havia se mudado para Gaia, algumas pessoas se opuseram. Achavam que Gaia deveria seguir seu próprio caminho.

— Mas esse grupo de pessoas não atacou os Escolhidos, certo? — perguntou Nicolau, tentando se lembrar dos rumores que havia ouvido antes. Nada parecera tão sério.

— Não, não atacou — confirmou Caroline. — Exceto por uma minoria extremista... Você não se lembra de algumas histórias assustadoras nos nossos livros sobre os Escolhidos desaparecidos, Nicolau?

Os olhos de Nicolau se esbugalharam.

— São verdadeiras?

Adam prendeu a caneca entre as mãos e bebeu lentamente sua bebida, como se ela pudesse ajudá-lo a escolher as palavras certas.

— O clã *Ogof* emergiu para terminar com a imigração e a ligação entre Terra e Gaia; eles tornaram a vida dos Escolhidos impossível durante seus primeiros dias em Gaia, fazendo tudo o que podiam para convencer os candidatos a desistirem — disse Adam. — Até cometendo crimes... Sempre ouvimos dizer que por mais de dois séculos não ocorre nenhum crime sério em Gaia... Sabe o que aconteceu há 200 anos? Quase metade das famílias Escolhidas desapareceu sem deixar vestígios... o clã também agiu para apagar qualquer informação sobre Atlântida e Gaia que ainda pudesse haver na Terra.

— Alguns descendentes egípcios de Atlântida não queriam que a história da ilha fosse esquecida após sua morte — Caroline explicou, enquanto acariciava as orelhas de Sabão. — Então eles construíram câmaras secretas para esconder registros sobre Atlântida, escritos em código de papiro. Eles acreditavam que, se uma pessoa fosse inteligente o suficiente para descobrir a câmara, ela merecia saber sobre Atlântida.

— Mas os membros do *Ogof* não podiam tolerar a ideia de alguém na Terra saber a verdade sobre Atlântida e Gaia — continuou Adam. — Eles saquearam as três majestosas pirâmides de Gizé e, muitos anos depois... — Adam balançou a cabeça, seus olhos cheios de indignação. — Eles destruíram uma das maravilhas do mundo antigo... a Biblioteca de Alexandria!

— Você está dizendo que foram eles que a queimaram? — questionou Albert, visualizando em sua mente a cena como se fosse um filme. Ele podia ver um pequeno grupo bem coordenado com tochas nas mãos, colericamente ateando fogo na biblioteca durante a madrugada e rindo ameaçadoramente enquanto a via virar cinzas.

Adam serviu mais chá para si e para Caroline, acrescentando um pouco de mel na bebida, e, em seguida, degustou-a calmamente. Sua longa pausa foi recebida com impaciência pelo grupo de jovens.

— Para ter a maior e mais importante biblioteca da época, os coordenadores tiveram uma ideia audaciosa: cada navio que aportasse em Alexandria seria inspecionado — explicou Adam, como se desse uma aula. — Se eles encontrassem qualquer obra escrita no navio, exigiam que o proprietário fornecesse uma cópia. Em muitos casos, a cópia original era confiscada. Dessa forma, vários documentos secretos que estavam sob posse de Atlântida terminaram nas mãos do inspetor das docas de Alexandria e, consequentemente, foram mandados para a biblioteca.

— Então não é uma coincidência que a população na Terra não saiba sobre Atlântida, só tenha ouvido boatos... — Nicolau suspirou. — Você acha que Ulysses foi vítima deles também?

Adam balançou a cabeça.

— Não acho que ele foi alvo. O grupo não queria matar Ulysses, mas forjar um roubo e culpar os Escolhidos.

— Mas por que, de todos os Escolhidos, apenas nossas famílias? — questionou Ruth.

— A decisão não foi pessoal — Adam opinou. — O grupo tinha planos maiores, não apenas a prisão de seus pais; eles planejavam incitar a população toda a eliminar os imigrantes de uma vez por todas.

— Então todas as evidências nos levam a crer que Lionel é um membro do clã, certo? — concluiu Albert.

— Isso mesmo — Adam concordou.

— Talvez Julius também seja um membro do *Ogof* — sugeriu Ruth. — Não podemos esquecer que a atual investigação indica que Julius estava na casa de Ulysses na noite do crime... como nós podemos ter certeza de que ele não usava uma corrente como a de Lionel?

— Mas Julius é um Escolhido... — respondeu Nicolau, confuso.

— Sim, ele é, mas talvez se arrependa — disse Ruth. — Talvez ele se ressinta de alguém tê-lo tirado da Terra, para longe de sua mãe, levando-o a um novo planeta e para uma vida que ele não queria. Talvez ele na verdade odeie o sistema de imigração e o que fez com ele, e por isso queria destruí-lo.

O grupo refletiu por um momento, enquanto observava Sabão dormindo sob as mãos de Caroline. As hipóteses de Ruth combinavam todas as possíveis pistas que eles tinham e faziam muito sentido. Julius podia tê-los usado desde o início para atingir seu objetivo. Podia ser essa a razão pela qual ele se ofereceu para ser patrono do programa de seleção deles e tutor pessoal de seus pais. Ele só estava fazendo um jogo cruel com eles e esperando o momento certo de agir.

Ruth podia ter resolvido o mistério, Albert percebeu. Mas, ao mesmo tempo, ele ainda se sentia acabado. Apesar de ter ciência de que provar a culpa de Julius não significava provar a inocência de seus pais, ele imaginava que a nova descoberta fosse ao menos fornecer a ele algum tipo de conforto por estar na trilha certa. Em vez disso, ele estava ainda mais angustiado e dividido.

— Está tudo bem, Albert? — perguntou Caroline, trazendo-o de volta de seu transe.

— Sim, só estou tentando entender… — Albert começou. — Como alguém pode ser tão frio e insensível? Como as pessoas podem usar as outras para atingir seus objetivos, não importa quantas mentiras tenham de espalhar e quantas vidas possam arruinar? — Albert não conseguia esconder a raiva em sua voz. — Não importa o que aconteça, acho que nunca mais serei a mesma pessoa. Não sei nem se vou ser capaz de ser próximo de alguém como eu costumava ser... tudo isso que ocorreu conosco me fez ver que eu não posso confiar totalmente... Não posso simplesmente deixar alguém entrar na minha vida e permitir que me faça de tolo assim. Eles podem nos esmagar sem hesitação ou remorso…

Caroline se levantou da cadeira e abraçou Albert.

— Ei, por favor, não pense assim... Não deixe ninguém mudar a bondade e a sinceridade que existem dentro de você...

Sabão seguiu Caroline e mostrou seu afeto lambendo o rosto de Albert.

— Ela está certa — disse Adam, abaixando sua caneca e olhando Albert nos olhos. — As pessoas podem ser muito complicadas. Algumas são endurecidas pela vida, ficando amargas e vazias... É estranho, mas algumas podem encontrar prazer na dor dos outros… Mas algumas podem se tornar a melhor parte da sua vida, elas confortam você e podem trazer felicidade sem pedir nada em troca. Apenas pergunte a Caroline quanto ela ama vocês, trazendo-os todos aqui para a casa dela e tentando protegê-los... Pense em Violet e no quanto ela arriscou hoje só para ajudar vocês. Não importa onde vocês estejam, vão encontrar diferentes tipos de pessoas; o importante é não deixá-las definir quem vocês são e sempre lhes dar o benefício da dúvida, se permitindo confiar e ser de confiança.

— Sabe, tem algo que está me incomodando... — interrompeu Caroline.

— Lembram quando Nicolau esbarrou em Lionel no Centro de Investigações e sua pasta caiu? Algum de vocês viu o que havia dentro? É tão estranho ver alguém carregando uma pasta aqui...

— Eu não vi nada... Eu só ajudei o Nicolau... — Albert respondeu. — Mas me lembro de que a Ruth passou algo a ele, certo?

— Tudo aconteceu muito rápido... — disse Ruth, voltando àquele dia. — Lionel não me deixou tocar em nada. Eu só consegui pegar a garrafinha de Intensificador dele, e ele praticamente a arrancou da minha mão.

— Intensificador? Que tipo de Intensificador? — perguntou Caroline com uma expressão séria.

— Era um avermelhado. Ele disse que dava paciência a ele — respondeu Ruth.

— Opa! Acho que encontramos outra pista... — Adam exclamou, enquanto ele e Caroline se viravam um para o outro.

— Com certeza! — Caroline sorriu de volta.

— Intensificadores são sempre azuis — Adam explicou. — As amostras que não são aprovadas após o período de testes são deixadas em contêineres vermelhos e não podem ser distribuídas. São devolvidas ao Centro de Investigações por segurança.

— Acontece que pouquíssimos Intensificadores foram rejeitados recentemente — continuou Caroline. — E por acaso um deles foi encontrado no sangue de seu pai.

— Então por que Lionel estaria de posse desse Intensificador? — Ruth questionou.

— É uma boa pergunta... e tenho certeza de que ele não tem uma boa resposta para isso, do contrário ele não teria mentido dizendo a você que era para paciência.

— E se pedirmos ao Randy para analisar as memórias de Lionel — Nicolau sugeriu.

— Lionel é perfeitamente capaz de controlar seus pensamentos, assim como Julius... — respondeu Adam. — A única forma seria...

Adam se levantou da cadeira sem terminar a frase e cruzou a sala com passos rápidos.

— O quê? — perguntou Albert, quase gritando para ser ouvido.

Adam gritou de volta sobre o ombro.

— Fiquem aí, não importa o que aconteça! Espero mesmo que isso funcione.

QUINZE

Adam caminhou rapidamente pelo chão de cascalho, sentindo adrenalina sendo jorrada em suas veias. Apenas o barulho de seus pés esmagando pequenas pedras no caminho perturbava seu foco. Ele havia estado naquele mesmo local algumas vezes antes, quando queria ficar sozinho, a milhas de distância da civilização. O contato com a natureza às vezes era a única forma de ele relaxar e ter novas perspectivas em momentos desafiadores. Ele tentava se convencer de que estar lá à noite não era muito diferente de visitar durante o dia, mas, conforme a vegetação ficava mais densa e inúmeras árvores bloqueavam sua vista, ele foi forçado a mudar de ideia. Ajustou seu traje para cobrir o rosto do frio agudo e fez seus sapatos brilharem para iluminar seus passos, mas era difícil não se perder no escuro desconhecido. Logo o cascalho foi substituído pelo chão molhado e o som de animais noturnos preencheu o ar.

Após mais alguns minutos de caminhada, Adam chegou ao ponto pretendido: uma clareira à beira de uma cachoeira, cercada por árvores grossas e rochas altas. Ele escolheu uma rocha lisa e se sentou, já sem fôlego e cansado. O pio de uma coruja provocou arrepios nele. Mas ele não era o tipo de pessoa que se rendia a seus medos. Naquela noite ele tinha uma teoria a provar.

Seu convidado estava atrasado, e a espera começava a perturbá-lo. Ele sabia que seu plano havia sido de última hora, não havia dedicado tempo nenhum para solidificar sua estratégia, mas não havia muito para pensar. Sua estratégia era simples, tirada de seu jogo favorito de cartas: Blefe.

— Você é Adam? — uma voz gritou por trás de uma árvore.

— Sim, sou eu — ele confirmou, tentando manter-se calmo; se suas emoções assumissem o controle, as consequências seriam desastrosas. Encarando a face de Lionel, ele ajeitou suas roupas para revelar seu rosto.

— Recebi sua mensagem para vir encontrá-lo aqui — disse Lionel, mantendo uma distância segura. — O que você quer me dizer sobre a morte de meu pai?

— Chega de hipocrisia, Lionel — Adam retrucou. — Nós dois sabemos no que você está envolvido.

— Não sei do que você está falando. Aparentemente, perdi meu tempo vindo aqui — disse Lionel, virando-se para partir.

— Não se preocupe, Lionel, seu segredo está seguro comigo. Eu só quero conversar com você. Como você sabe, seu EMO iria notificá-lo automaticamente se essa conversa estivesse sendo gravada — Adam lembrou-o, fazendo Lionel parar. — Deixei meu equipamento em casa.

Lionel estudou Adam por mais alguns segundos tensos, então franziu a testa.

— Não tenho nada a ver com isso...

— Sua intenção foi apenas encenar um roubo — Adam o interrompeu. — Pondo toda a culpa naqueles Escolhidos inúteis... infelizmente, Ulysses acabou sofrendo um ataque cardíaco. Quem poderia imaginar que naquela noite seu pai não estava em um sono profundo, certo? — Adam tinha a total atenção de Lionel. — Eu o venho seguindo há algum tempo, Lionel. Precisava confirmar minhas suspeitas. Você é o líder do clã *Ogof*.

— Isso está extinto há anos! — Lionel gritou de volta.

— Não tente me enganar… — disse Adam, com um sorriso irônico. — Sei o suficiente sobre seu grupo. Meus ancestrais eram antigos membros. Vim aqui para pedir que você me aceite.

— Você deve estar de brincadeira… — Lionel sorriu de volta.

— Ou você me aceita como um novo membro, ou conto ao Conselho toda a verdade — Adam ameaçou.

Lionel apertou os dentes, e então riu.

— Que verdade, Adam?

— Você e seu clã tinham o plano perfeito para terminar com a imigração — disse Adam, sem fôlego. — Primeiro você fez Victor e George tomarem o Intensificador proibido, para que pudesse explorar a raiva e a frustração deles...

— Foi Julius quem fez isso, não eu! — Lionel interrompeu.

— Sério? — perguntou Adam, fazendo uma pequena pausa para criar um efeito. — Então, como eu tenho fotos originais de você derrubando um tubo vermelho?

O rosto de Lionel se congelou ao escutar a frase de Adam.

— Fotos? — ele repetiu.

— Não ajo sem evidências. — Adam deu de ombros. — Com ajuda do Intensificador, você fez Victor e George ficarem confusos e extremamente irritados, para que fossem à casa de seu pai verbalizar suas reclamações. Era tudo o que eles queriam: reclamar com Ulysses sobre suas vidas. Obviamente, o Intensificador não poderia forçá-los a cometer o crime, já que seria contra os verdadeiros princípios morais deles. Mas nada deteria seu plano — Adam concluiu, reunindo coragem para soltar sua maior suposição, que poderia por tudo a perder. — Você confiou no seu conhecimento de acupuntura para resolver a situação, deixando George e Victor inconscientes na sala, sem lembrança alguma de como eles haviam chegado lá.

No silêncio, tudo o que Adam pôde ouvir foi o rugido da cachoeira atrás dele. Ele se perguntava se havia avaliado errado... Talvez tivesse ido longe demais.

— Acupuntura? — Lionel explodiu em uma risada.

Adam sabia que não podia recuar; precisava aparentar completa autoconfiança. Ainda havia uma pequena chance de que não estivesse errado. As mãos de Lionel formavam punhos cerrados; ele parecia incapaz de continuar segurando sua raiva.

— Ulysses não usava nada para proteger seus documentos. Ele confiava na bondade inerente de cada gaiano. Envenenar seus próprios papéis seria contra tudo o que ele acreditava — Adam proclamou. Algo nos olhos de Lionel confirmava que ele estava chegando mais perto. — Você não queria deixar nenhum vestígio para trás, e qualquer química capaz de nocauteá-los seria facilmente detectada em testes de sangue. Por ser um membro do Conselho, você deve ser um especialista em acupuntura.

— Você tem uma grande imaginação — Lionel respondeu, mas a hesitação em sua voz deu mais munição a Adam.

— Tudo o que você fez naquele dia eu praticamente vi com meus próprios olhos — ele continuou, sentindo-se cada vez mais confiante. — Eu precisava saber mais sobre o clã, então acabei instalando uma câmera escondida no quarto de seu pai, há alguns meses. Era essencial para que eu descobrisse mais sobre você.

Lionel avançou em direção a Adam com passos pesados. Parou a poucos centímetros do rosto dele.

— Você espera que eu acredite nisso? — ele questionou.

Adam não ia se intimidar; em vez disso, jogou uma última bomba.

— Por sinal, você perdeu uma correntinha de dragão durante uma breve luta com seu pai após ele ter visto o próprio filho roubando-o... uma luta que culminou em seu ataque cardíaco?

Lionel agarrou Adam pela camisa e pareceu olhar através dele. Ele puxou seu braço para trás e Adam instintivamente fechou os olhos, esperando o soco. Mas não veio. Quando Adam abriu os olhos, respirou fundo, aliviado. Randy estava segurando a mão de Lionel, no alto.

— Adam me pediu que participasse desta reunião — disse Randy. — Espero que você não se importe.

— Obrigado, Randy. — Adam se soltou do aperto de Lionel. — Espero que você tenha chegado a tempo de ouvir tudo...

— Certamente ouvi — Randy confirmou. — Então me diga, Lionel... é tudo verdade?

Os olhos de Lionel encontraram os de Randy, sem vacilar por nenhum momento, nem piscar. Adam estava preparado para uma desculpa frívola, ou uma mentira audaciosa. Mas não para o sorriso lento e sombrio de Lionel.

— Então, ele pediu para que você viesse aqui? — Lionel questionou Randy, com um sorriso se abrindo. — Queria armar uma emboscada?

— Não é adorável? — Randy bateu nas costas de Adam, enquanto ele e Lionel trocavam uma risada ressoante. — Fique tranquilo... Dario está aqui.

Enquanto Adam buscava uma explicação, viu uma figura robusta tomar forma na escuridão, conforme as roupas do homem eram trocadas do preto ao verde, como um camaleão gigante. "Há quanto tempo ele estava escondido lá, e por quê?", Adam se perguntou. As coisas não se encaixavam, e uma onda de pânico tornou ainda mais complicado para ele processar a situação.

O homem se aproximou lentamente, como se estivesse gostando da confusão criada. Adam revirou seu cérebro.

— De onde eu o conheço...? — ele perguntou, reconhecendo o homem levemente atarracado, com pele branca, cabelo enrolado e grandes olhos redondos.

— Sou Dario Walf — o homem respondeu secamente. — Sou presidente do Centro de Pesquisas Espaciais. Mas também sou bem conhecido por outra coisa...

Adam não teve tempo de reagir. Teve a sensação de que uma rocha gigante havia acertado seu crânio e desabou.

— Ninguém tem um soco como o Dario! — Randy elogiou seu amigo, que sorriu com orgulho, admirando o próprio punho.

— Adam... Adam Oak... — Lionel agarrou o cabelo de Adam e o puxou de joelhos. — Como um idiota como você, noivo de uma garota Escolhida, pode me desafiar?

— Ele é noivo de uma Escolhida? — perguntou Dario em voz alta. — Randy não me contou isso!

Adam recebeu outro soco, voltando ao chão. Então se arrastou para se levantar, recusando-se a ser humilhado; seu nariz sangrava gravemente e suas pernas tremiam. Em resposta, Dario preparou seu punho. Adam se abaixou em antecipação. Risadas de zombaria ecoaram pela clareira.

— Como você pode ser membro desse clã nojento, Randy? — Adam explodiu.

— Não ouse falar assim do nosso clã! — Randy retrucou, socando-o na mandíbula. Entretanto, desta vez Adam manteve-se firme, ignorando a dor, e lançando um olhar de pena a eles.

— Vocês vão se arrepender profundamente disso — Adam retrucou. — Deixei meu EMO com pessoas de confiança; ele contém fotos do Intensificador vermelho e imagens da cena do crime. Se eu não voltar para casa em duas horas, elas vão dar o equipamento ao novo presidente do Conselho — ele disse, usando seu último blefe. — Não sou idiota.

Em vez de fazê-los parar, as palavras de Adam só os provocaram mais. Seu tiro havia saído solenemente pela culatra.

— Quem está com seu aparelho? — Randy interrogou, agarrando Adam pelo cabelo e puxando-o para a beira da cachoeira. — Deu para sua noivinha? Eu adoraria arrancar dela!

— Ela não sabe de nada! — Adam gritou. — Nunca vou contar onde está!

— Escuta aqui, moleque... Lionel só precisa de alguns segundos para apagar sua memória, como fez com Victor e George — Dario bufou, com seu rosto a apenas um centímetro do de Adam. — Além disso, meu treinamento em resgate de memórias significa que eu não terei dificuldade para descobrir quem tem as fotos.

As palavras de Dario acertaram Adam mais forte do que seus socos. Seu medo se tornou pânico, conforme ele começava a processar a ameaça. Seria fácil para eles acessarem suas memórias e descobrir o blefe. Eles também saberiam que Caroline, Albert, Ruth e Nicolau sabiam da existência do clã e do possível envolvimento de Lionel no crime. Claro que os membros do clã iriam caçá-los e fazê-los sofrer antes de apagar suas memórias também.

— E adoramos destruir os Escolhidos… — continuou Lionel. — Eles são tão ingênuos, são realmente vítimas das próprias fraquezas... — ele sorriu soturnamente. — Foi fácil plantar a prova contra Julius... incriminá-lo saiu melhor do que o planejado. A condenação dele será o atestado de que ele cometeu uma grande traição às pessoas com quem ele tinha contato, e os gaianos vão perceber que nenhum Escolhido é digno de confiança.

— Então, creio que Randy mentiu quando disse à imprensa que Julius tentou escapar do Centro de Investigações... — Adam especulou, tentando se soltar das mãos de Randy.

Randy riu confirmando, batendo as mãos em comemoração com Dario.

— Eu me inspirei nos meus amigos aqui... Dario contaminou a bebida do George como um profissional...

— Você é chefe do George! — Adam confirmou — Então você é o responsável por fazê-lo ficar furioso naquele dia...

— Exatamente! Ele recebeu um "estímulo" — confirmou Dario com orgulho. — Com Victor foi até mais fácil... ele aceitou meu convite para tomar uma bebida no parque enquanto caminhava com o cachorro!

— Até crianças da Terra sabem que não se deve conversar com estranhos! — provocou Lionel.

— Aparentemente, uma criança da Terra é mais esperta que seu clã! — Uma voz atrás das árvores os assustou. Albert deu um passo à frente, com os braços cruzados. — Você não apenas confiou em um estranho — ele continuou. — Você até confirmou a ele toda a verdade sobre seus crimes e a existência de seu clã.

— O que está fazendo aqui, Albert? — Adam gritou. — Eu dei ordens expressas para que você ficasse em casa!

— É... não sou muito bom em seguir ordens... — respondeu Albert, transformando seu nervosismo em ironia. Quando Adam saiu da casa de Caroline, todos sabiam que ele agia motivado por seu próprio discurso sobre amizade e confiança. Ele iria provar a Albert que era alguém em quem se podia confiar. Mas seu desejo de ajudar e sua obsessão por revelar a verdade poderiam colocá-lo em um risco real.

— Definitivamente, eu não estou no clima para um circo... Não tenho paciência para lidar com crianças... — disse Lionel. — Game over, Adam! — Ele bateu palmas, tratando-o como uma criança. Lionel pressionou os dedos no pescoço de Adam, fazendo-o cair inconsciente.

— Tenho certeza de que você está disposto a se juntar a Adam no chão... — disse Randy selvagemente, quase babando.

Albert congelou. Ele nunca havia testemunhado uma violência real e estava longe de estar preparado para enfrentar aquilo. Suas pernas fraquejaram. Olhando para o rosto inerte de seu amigo, Albert se perguntou se Adam estava mesmo morto. Não, isso só iria complicar as coisas para o clã. Eles apenas o fariam dormir e apagariam suas memórias recentes. Ainda precisariam acessar suas memórias antigas para descobrir sobre as fotos que Adam alegava ter tirado, e não poderiam fazer isso se ele não estivesse vivo.

— Não, Randy, obrigado — respondeu Albert, cheio de raiva. — E, por sinal, eu não vim para cá sozinho... — Ele se virou para examinar a escuridão.

— Deixe-me adivinhar... sua irmãzinha fugiu? — Lionel debochou, aproximando-se de Albert. — Não a culpo... agora é sua vez de dizer boa-noite também.

— Não coloque as mãos nele — ordenou uma foz firme.

Lionel e Randy se viraram um para o outro, em descrença, pronunciando o nome simultaneamente.

— Milet?

— Isso mesmo,— confirmou o novo presidente, parado ao lado de Albert. — Felizes em me ver?

Albert esperava ter tomado a decisão certa trazendo Milet junto. Ele não tinha muitas opções, de qualquer maneira. A contagem regressiva havia começado no momento em que Adam partiu, forçando-o a agir rápido. Enquanto Nicolau e Ruth distraíam Caroline, ele foi à garagem. Sim, ele havia prometido a Caroline que não sairia da casa, mas sua intuição o estava guiando de outra forma. Antes de tomar o Zoom, Albert verificou o destino selecionado anteriormente.

Após memorizar o nome do parque que Adam havia escolhido, ele foi direto ao Conselho, onde encontrou Milet na saída. Pegando-o pelo braço, e sem maiores explicações, Albert pediu que o presidente achasse um Intensificador de Audição e o seguisse. Para surpresa de Albert, o presidente concordou prontamente.

— Milet, você sabe que isso é um grande engano, certo? — disse Lionel, tentando levantar o corpo caído de Adam. Mas o noivo de Caroline ainda parecia uma marionete quebrada.

— Não, Lionel — respondeu Milet. — É uma grande decepção. Como você pôde? Desde que chegamos ao parque estamos escutando sua conversa por um Intensificador de Audição. Infelizmente, ouvimos seu ataque a esse jovem enquanto seguíamos pela floresta... — continuou Milet. — Não precisa perder seu tempo com mentiras, Lionel. — Um silêncio caiu sobre o grupo, enquanto os conspiradores se dispersavam para reorganizar suas estratégias.

— Então você escutou nossa conversa? — questionou Randy, caminhando lentamente em direção a Milet. — Grande coisa. Você não tem prova do que foi dito hoje... Meu EMO me alertaria se qualquer outro equipamento em um raio de quilômetros estivesse gravando minha voz.

— Então, o que exatamente evita que nós apaguemos suas memórias ou até joguemos seu corpo na cachoeira? — perguntou Dario, recuperando a confiança. — Não seria difícil convencer as pessoas de que você cometeu suicídio...

Lionel e Randy assentiram e se moveram para o lado dos recém-chegados, que se posicionavam um de costas para o outro. Albert nunca havia estado em uma briga e não sabia se conseguiria dar um bom soco. A única coisa que ele sabia era que não poderia fugir, mesmo que isso significasse não sair vivo. Enquanto Randy e Dario iam até Milet. Lionel caminhou na direção de Albert.

— Você é um parasita... não tem valor para minha sociedade — retrucou Lionel.

Albert desviou do primeiro golpe. Lionel atacou de novo, mas novamente socou apenas o ar. O Intensificador de audição era mais útil do que Albert havia imaginado. Como uma coruja, ele usava os ouvidos para sentir o próximo movimento do inimigo. O som do ar deslocado era o suficiente para entregar Lionel. Em sua terceira tentativa, Albert pegou o braço de Lionel e deu um golpe com a mão livre. Apesar de seu punho parecer quebrar, Lionel mal piscou.

Como resposta, Lionel chutou a canela dele e prosseguiu com uma rasteira. Albert tentou ficar em pé, mas seu joelho não conseguia suportar o peso do corpo. Ele caiu novamente e recebeu um chute no estômago.

Rastejando, Albert pegou um punhado de terra do chão e jogou nos olhos de Lionel, fazendo-o recuar com dor. Com raiva, Lionel posicionou-se para dar outro chute. Albert pegou seu pé no ar e o girou com toda a força.

Ele ouviu um estalo alto e Lionel gritou, juntando-se a Albert no chão. Isso deu tempo para Albert olhar Milet e ver como ele estava indo. Para seu espanto, Milet ainda estava em pé, com ferimentos nos braços e no rosto, enquanto seus oponentes estavam caídos no chão com sangue jorrando do nariz e da orelha. Aparentemente, arte marcial era um dos talentos no currículo do presidente.

— Está bem, filho? — Milet se virou para Albert.

— Sim, estou ótimo — ele mentiu.

Milet buscou seu próprio EMO, e seus dedos começaram a deslizar pelo objeto.

— Reforços? — disse Albert sem ar.

— Melhor que isso… Tive uma ideia… — murmurou Milet. — Não posso arriscar ter nossas lembranças apagadas... — Ele parou por alguns segundos, tentando se concentrar. — Só preciso de alguns segundos para acertar aqui...

— Antes de pedir ajuda? Mas precisamos agora! — gritou Albert, prevendo o próximo ataque. Lionel se ergueu rapidamente, pegou o cabelo de Albert e, mancando, começou a arrastá-lo para a beira do precipício.

Afundando as unhas no pulso de Lionel e agonizando de dor, Albert gritou pela ajuda do presidente. Mas Milet não conseguia se mover. As pernas do velho estavam bambas e trêmulas.

O rugido das cachoeiras ficava cada vez mais alto. Era hora de dar adeus à vida, pensou Albert, com seus pensamentos indo para sua família. Como ele gostaria de estar com eles naquela noite! Como ele gostaria de poder abraçá-los uma última vez! Visualizando sua família junta, ele parou de resistir. A memória prazerosa anestesiou sua dor, enquanto seu corpo caía no abismo.

Silêncio. Milet olhou em choque para Lionel. A boca do presidente se abriu e fechou, mas ele não conseguiu proferir uma única palavra.

— Tenho certeza de que fiz um favor a ele… interrompendo sua vidinha patética... — disse Lionel, sem fôlego. — Acho que é sua vez agora, senhor presidente...

Em resposta, Milet jogou seu EMO no ar. O aparelho flutuou por um tempo, então se expandiu, refletindo suas imagens na tela.

— Boa noite, Gaia! — exclamou Milet, com seus olhos esbugalhados de pânico. — Imagino que vocês estão se perguntando por que eu interrompi sua programação habitual... — ele tossiu, tentando recuperar o fôlego. — Lionel, por que não conta a eles o que estamos fazendo aqui?

Lionel hesitou, então seu equipamento bipou em seu bolso, avisando que agora sua voz estava sendo gravada. Milet não estava blefando; eles estavam em rede nacional. Era um plano genial, mas o presidente não havia agido rápido o suficiente para salvar Albert. Lionel se virou para se dirigir à tela.

— Sinto informar, meus prezados gaianos, que nosso presidente também se virou contra nós... e infelizmente eu cheguei aqui a tempo de evitar...

— Não comece com suas mentiras, Lionel! — gritou Milet. — Gaia vai saber de tudo o que aconteceu aqui! Vou me certificar de não esquecer nenhum detalhe...

— Será sua palavra contra a minha — retrucou Lionel. — Em quem você pensa que eles vão acreditar?

— Eles vão ter de acreditar em mim! — outra voz interrompeu a conversa. O EMO de Milet automaticamente buscou o dono da voz, e encontrou Albert flutuando no ar, vários metros abaixo do precipício.

Ele se sentia como se tivesse sobrevivido a um descarrilamento. A dor era intensa, aguda, e multiplicada a cada segundo em que ele ficava de cabeça para baixo. Ele não apenas sentia os ossos esmagados pelo ataque de Lionel, mas agora cada músculo parecia estar comprimido por uma força sobrenatural. Contudo, estava vivo, e desejando ter a força para beijar sua tornozeleira olímpica da sorte, que ele jurou não tirar até se formar. O artefato de metal tinha acabado de salvar sua vida.

— Como não sou capaz de criar memórias falsas, eles vão ouvir exatamente o que eu ouvi esta noite... — gritou Albert com confiança na tela, apesar de seu corpo implorar por misericórdia. — Então eu recomendo que você fique em silêncio e poupe seu teatro para o julgamento.

Pela primeira vez na vida, Lionel seguiu uma ordem de um Escolhido.

DEZESSEIS

No dia do julgamento, o sol estava alto no céu, dissipando as nuvens que insistiam em encobri-lo. Seu reflexo na pirâmide dourada ofuscava os olhos de Albert, enquanto ele tentava desviar dos repórteres que lotavam a frente do Conselho.

A breve transmissão ao vivo, uma semana antes, havia levantado inúmeras questões, rumores e especulações. Como testemunha ocular, Albert jurou manter silêncio até que um veredito oficial fosse proclamado. Isso significava ficar na casa de Caroline a semana toda, estudando e lendo. Ver televisão se tornou uma tarefa estressante, já que seu rosto ficava aparecendo no canal com o apelido mais embaraçoso que ele poderia imaginar: O Desajeitado Herói Escolhido. Ruth e Nicolau não paravam de rir cada vez que encontravam uma chance de se referir a ele dessa forma, como à mesa do jantar, quando perguntavam: "O Desajeitado Herói Escolhido poderia passar a manteiga?". — Pelo menos sorrisos e risadas haviam voltado à vida de Albert.

Como uma guarda-costas, Caroline tentava proteger Albert, Ruth e Nicolau, enquanto eles andavam em direção à entrada do Conselho. Ela havia ficado bem brava com o plano secreto de Albert e Adam, e ver os dois na televisão cheios de sangue e ferimentos não a ajudou a desculpar o comportamento deles. No entanto, depois que Adam deixou o hospital totalmente recuperado, exceto pela falta de lembranças daquela noite, e Albert detalhou o sucesso do plano deles, sua raiva começou a esmaecer.

Ao entrarem no Conselho, eles foram diretamente para as cadeiras reservadas a visitantes autorizados. Isadora lançou um olhar para eles da fileira atrás, como uma águia prestes a agarrar sua presa. Albert cruzou olhares com ela brevemente. A raiva enterrada em sua garganta ameaçava tornar-se um feroz ataque verbal. Mas não valia a pena. Os olhos vermelhos e inchados dela eram prova de que ela estava sofrendo tanto quanto ele havia sofrido. Ele não ia perder tempo chutando cachorro morto.

— Que bom vê-la aqui, Isadora... Eu me lembro de você dizendo que Gaia não recebia assassinos e ladrões... Então, onde você vai morar agora? — disse Ruth.

Albert segurou um sorriso. Claro que Ruth não deixaria uma oportunidade dessas escapar. Isadora não respondeu, simplesmente virou o rosto na direção oposta.

Os membros do Conselho já haviam tomado seus assentos e estavam esperando em silêncio a sessão começar. A aparência de Milet não mostrava nenhum sinal de ataque físico recente. Apenas seus olhos pareciam diferentes, com dor e mágoa. Dentro, as feridas ainda estavam abertas, Albert imaginou.

Os suspeitos entraram na sala. Albert viu que seus pais ficaram confusos com Lionel e Randy caminhando ao lado deles. Milet se levantou de sua cadeira, suspirou e desviou os olhos do olhar raivoso de Lionel.

— Boa tarde a todos. Estou meio sem palavras hoje, então vou deixar a senhora Burju Reech, nossa nova chefe do Centro de Investigações, fazer todo o discurso — disse Milet, estendendo uma mão aberta para a mulher sentada à sua direita. Seus olhos azuis amendoados, seus finos traços e seu sobrenome convenceram Albert de que a nova chefe do Centro devia ser a mãe de Violet.

— Compartilho da relutância em falar, já que os eventos recentes me forçaram a reconsiderar a bondade inerente a todos nós gaianos — começou Burju, levantando-se de sua cadeira. — Uma vez que ações falam mais alto que palavras, vou deixá-los com imagens e sons extraídos das lembranças de Albert.

A última coisa que Albert queria era ouvir e reviver todas aquelas emoções. Ele já estava tentando bloquear as memórias daquela noite. Entretanto, era a única maneira de mostrar aos outros exatamente o que havia acontecido. O vídeo começou com Albert e Milet chegando ao parque. O som de seus passos misturava-se à discussão de Adam e Lionel.

Albert afastou os olhos da tela. Ver um filme de seu próprio ponto de vista era estranho demais. Ele voltou a atenção àqueles presentes no tribunal. Inicialmente, pareciam perdidos nos diálogos, mas logo a verdade dura e cruel os atingiu violentamente. Bocas caíram abertas, olhos lacrimejaram, e cabeças balançaram em reprovação, enojadas. Sarah soluçava. Victor apertava os punhos e Ruth apertava a mão de Albert como se assistisse a um filme de terror. Lionel e Randy olhavam sem expressão.

Quando a transmissão terminou, os jurados se reuniram em uma sala privativa para discutir o autêntico "testemunho" de Albert. Chegou-se a um consenso em poucos minutos e o júri voltou para anunciar o veredito.

— Primeiro, quero dizer que o vídeo completo agora está sendo transmitido para toda Gaia — Milet começou. — Todos têm direito de saber o que realmente aconteceu com nosso amado Ulysses e como o preconceito pode nos levar pelo caminho errado. Declaramos por unanimidade George, Sarah, Sophia e Julius inocentes de todas as acusações. Eles foram meras vítimas de uma cruel conspiração — Milet parou para se dirigir àqueles que ele havia mencionado. — Eu não poderia estar mais envergonhado pelo que aconteceu com vocês todos. Sempre tive orgulho de viver em uma sociedade que valoriza fortemente a diversidade. Isso nos trouxe uma cultura mais rica, perspectivas mais amplas e uma forma melhor de ver a vida. A diversidade em Gaia significou criatividade, humor, tolerância e respeito por todas as civilizações. Infelizmente, algumas pessoas se ocuparam em cultivar raiva sem nenhum motivo, e eu me desculpo por isso.

Um membro do Conselho se levantou de sua cadeira e bateu palmas lentamente. Seu colega ao lado repetiu o gesto. Então a sala toda se uniu a eles.

— Lionel, Randy e Dario, nós os declaramos culpados de todas as acusações: conspiração, discriminação, violência e ameaças de morte. Por um período de 20 anos vocês viverão em um local remoto, afastados de toda a civilização. Meditação diária e trabalho duro vão formar seu programa de reabilitação.

— Eu tenho uma filha para criar! — gritou Lionel.

— E por que não pensou nela antes de cometer todos esses crimes? — respondeu Milet. — Sua filha ficará sob custódia de seu único parente vivo: Julius.

— O quê? Não! — Isadora recusou-se, levantando com raiva da cadeira.

— Ele não é meu parente! — Lionel despejou.

— Sim, ele é. Todas as alegações que Julius fez em relação à paternidade de Ulysses foram verificadas e confirmadas. Ulysses também confessou a paternidade em seu testamento — disse Milet.

Perplexo, Lionel se virou para Isadora e balbuciou um silencioso "sinto muito".

— Será uma honra para mim — disse Julius, levantando-se de sua cadeira. — Eu prometo cuidar dela como da filha que nunca tive.

Sem nem se dar ao trabalho de disfarçar seu desgosto, Isadora balançou a cabeça e fugiu de seu assento. Um guarda a deteve quando ela tentou sair do Conselho.

— Sei que você será uma boa influência sobre ela, Julius — Milet disse. — O julgamento chegou ao fim. Bom dia a todos.

Albert, Ruth e Nicolau correram para os braços de seus pais. Com um abraço sincero, eles comemoraram o reencontro com eles e sua liberdade.

O momento mais radiante do dia ocorreu quando eles puseram os pés fora do Conselho. Centenas de pessoas esperavam por eles, paradas em filas perfeitas. Suas roupas brancas estavam estampadas com a palavra DESCULPEM! Escrita em vermelho-escuro. Como um dominó, elas se ajoelharam uma a uma e abaixaram a cabeça.

Com o gesto simbólico, os gaianos demonstraram humildade ao reconhecer totalmente seus erros e solidarizaram-se com a dor e a tristeza dos Escolhidos. Nada mais precisava ser dito.

Nas semanas seguintes, Albert, Ruth, Nicolau e Violet foram elogiados por seu trabalho de investigação, recebendo medalhas de honra do Conselho. Caroline e Adam também ganharam notoriedade, dando entrevistas no noticiário e em programas de entrevistas. Até Sabão recebeu presentes de seus fãs: montanhas de ração de cachorro com gosto de chocolate.

Quando as coisas se acalmaram e a vida pareceu voltar ao normal, Caroline e Adam decidiram que havia chegado a hora de celebrarem seu amor e comprometimento. Em uma noite clara de lua cheia, o casal trocou votos de fidelidade. A festa ocorreu em uma praia remota, onde as ondas pareciam ter diminuído de ritmo para observar a cerimônia. Pequenas luzes em forma de estrelas voavam sobre os convidados, amigos, membros da família e estudantes.

Albert contemplou o casamento atentamente, impressionado por ver como era diferente dos casamentos que ele havia presenciado na Terra, e como detalhes simples podiam ter significados fortes para os gaianos, a começar pelas roupas da noiva e do noivo. Caroline não podia estar mais linda. Em sua cabeça, duas tranças delicadas uniam-se em um coque alto, e seu longo vestido de costas baixas era de um amarelo radiante, para simbolizar felicidade. Com o vestido de noiva contrastando com sua pele bronzeada, ela parecia iluminar a noite.

O cabelo de Adam estava penteado perfeitamente para trás e um sorriso orgulhoso agraciava seu rosto. Ele usava um terno azul-escuro e uma camisa azul-marinho. A cor representava lealdade e amizade. As mãos do casal estavam unidas e ambos estavam descalços sobre uma superfície circular, que flutuava sobre a areia, decorada com pétalas: rosas vermelhas que simbolizavam paixão, cravos brancos que simbolizavam o amor puro.

De mãos dadas, os convidados circundavam o novo casal ao som de uma flauta delicada. O gesto representava os ciclos de vida que eles teriam juntos e que deveriam ser tratados com unidade e graça.

Quando a flauta parou, Caroline e Adam se viraram um para o outro e juntos pronunciaram em voz alta: — "Eu te amo e sempre te respeitarei". — Não havia padre, nenhum reverendo, nem mesmo uma aliança. As palavras deles consagravam suas promessas e seus convidados eram as testemunhas. Adam beijou ternamente a noiva e dirigiu-se ao pequeno grupo de convidados.

— Boa noite a todos! — disse ele com um sorriso largo. — Primeiramente, eu gostaria de agradecer-lhes por estarem aqui. Este é o melhor dia das nossas vidas e estou feliz de poder dividir isso com vocês. Infelizmente, o pai da minha esposa não está mais conosco, mas preciso agradecer a ele por trazê-la à minha vida. Então, em homenagem a ele, eu convido todos a dançarem sua música preferida, uma canção brasileira chamada "Eu sei que vou te amar"... — ele completou, explicando o significado da música. E beijou Caroline mais uma vez.

Um instrumento que soava como uma mistura de violino e piano começou a tocar; um cantor se uniu a eles, entoando a bela melodia. Os círculos de convidados ao redor dos noivos se dissolveram lentamente, formando casais que dançavam com alegria.

Enquanto Nicolau rapidamente convidou uma menina para ser seu par, Albert permaneceu parado, avaliando a situação. Segurava a mão de Ruth de um lado e a de Violet de outro. As meninas pareciam hipnotizadas observando Caroline e Adam dançarem e cochicharem. "Este é o momento certo", pensou Albert, reunindo toda sua coragem para dar um passo à frente. Ele soltou a mão de Ruth e puxou suavemente Violet em sua direção. Ela aceitou silenciosamente o convite para dançar, abraçando delicadamente o pescoço dele. O perfume doce de Violet o desorientava e o inspirava ao mesmo tempo, e ele facilmente deu voz a seus pensamentos.

— Você está linda hoje… — Albert começou. Na verdade, ele nunca viu Violet tão deslumbrante. Ela usava um vestido cinza-escuro sem alça, e seu cabelo estava penteado para trás, adornado com presilhas florais. Um colar com uma pérola delicada brilhava sobre seu peito. Uma pérola vermelha. Aquela que ele havia dado a ela. Significava algo? Ele esperava que sim.

— Obrigada, Albert… — disse Violet, apoiando o queixo no ombro dele. — E você está muito bonito... Sua camisa ressalta a cor dos seus olhos.

Albert sorriu. Ele havia passado horas tentando escolher a roupa certa para impressioná-la. Pelo menos parecia que o tempo não havia sido gasto em vão.

— Sua beleza deve estar se refletindo em mim — respondeu Albert, meio tímido. — Acho... acho que não tive oportunidade de agradecer realmente a você por tudo o que fez por nós. Você ficou do nosso lado o tempo todo... Sem sua ajuda nós não poderíamos...

— Amigos são para isso — ela o cortou. — Você não precisa me agradecer.

Albert fez uma pausa. A palavra "amigos" era como um balde de água fria. Era como ela o via? Nada além de amigos? Ele estava se iludindo o tempo todo ao pensar que ela compartilhava de seus sentimentos? Ele não poderia ter interpretado errado os sinais... poderia? Uma tristeza profunda se espalhou por seu corpo, e ele lutou para continuar dançando.

— Violet… — ele hesitou. Não queria que seu coração fosse esmagado naquela noite... Ele não havia se preparado para a rejeição. Entretanto, não podia suportar a incerteza... O amor que sentia por ela era tão intenso que era quase sufocante. Se ela não pensasse da mesma maneira, ele precisava saber... por mais que doesse. — Nós somos mais que apenas amigos, certo?

— Não sei... — ela disse, respirando fundo.

Uma onda de esperança e angústia fez o coração de Albert se acelerar. Ela não havia dito não. Contudo, talvez fosse só por educação, para não magoá-lo duramente. Violet se endireitou, afastou-se do ombro dele e parou de dançar. Ele abaixou o olhar, com medo de encontrar os olhos dela. Seria mais fácil se ela o deixasse lá... sozinho. Mas ela não saiu do lugar.

— Somos, Albert? — perguntou Violet, puxando o rosto dele até seus olhos se encontrarem novamente. — Somos mais que amigos?

Essa era a deixa que ele esperava. Não havia como recuar. Ele pegou as mãos dela e olhou nos seus olhos.

— Você quer ser minha namorada?

— É exatamente o que eu quero desde o momento em que o vi pela primeira vez — disse Violet, sorrindo.

Albert sorriu de volta. Ele a puxou para mais perto, colocou os braços ao redor da sua cintura e a beijou suavemente.

Ruth fez o que sabia que tinha de fazer e desapareceu de vista. Depois de todos aqueles meses, Albert finalmente havia reunido coragem para expressar seus sentimentos por Violet, e a última coisa que ela queria era estragar o momento.

— Albert e Violet juntos... — ela pensou em voz alta enquanto caminhava em direção ao oceano. Era uma possibilidade empolgante. Sem dúvida eles eram um par perfeito e agora ela não teria mais de fingir que não percebia quão loucamente apaixonados eles estavam. Obviamente, ela estava feliz por eles, mas bem no fundo tinha um pouco de medo... Se algo desse errado no relacionamento deles, ela podia acabar perdendo a melhor amiga e ver seu irmão de coração partido. Bem, eles provavelmente seriam o que chamam de almas gêmeas de qualquer maneira.

Ela sentou na areia, deixando as ondas baterem em seus pés. Sempre adorava olhar o oceano. Apesar de sua imensidão fazê-la se sentir pequena, sua beleza e serenidade enchiam seu corpo de esperança. Esperança de dias melhores, como aquele, junto de sua família e de seus amigos... sem preocupação, sem tristeza, sem culpa... apenas contentamento.

— Estava procurando você... — uma voz a puxou de volta para a festa. — Posso falar com você por um momento? — Phin perguntou, sentando ao lado dela.

— Bem, não sei... — respondeu Ruth. — Estou meio ocupada agora...

— Ah, tá. Desculpa... — disse Phin, ficando de pé com um salto e rapidamente se virando para ir embora.

— Ei, volte aqui! Eu só estava brincando, Phin! — Ela riu. — Claro que podemos conversar.

— Não brinque assim comigo — disse Phin, sentando novamente. — Eu levo tudo o que você diz muito a sério. E, por sinal, vim aqui para falar sobre aquele jantar que você me prometeu...

— Eu dei minha palavra a você — Ruth o interrompeu, olhando em direção ao oceano. — Então vou aceitar o convite.

— Não quero que você se sinta obrigada a aceitar... — Phin continuou, lutando para disfarçar seu nervosismo. — Eu quero saber se você gostaria de jantar comigo.

— Adoraria — assegurou Ruth, virando-se para olhar nos olhos dele. — Nosso primeiro jantar foi bem divertido...

— Mas eu preciso dizer que o segundo jantar não será para nos divertirmos... — disse Phin.

— Não? — perguntou Ruth, intrigada.

— Não. Será para eu ficar bem perto de você... — respondeu Phin, com um sorriso tímido. — Ainda está interessada no meu convite?

— Agora mais do que nunca — disse Ruth, inclinando-se na direção dele, enquanto Phin colocava o braço ao redor do ombro dela.

Sarah colocou a mão no peito de Victor enquanto eles dançavam juntos. Vê-lo sorrir novamente trazia paz ao seu coração. Ela sabia que levaria tempo para que as feridas cicatrizassem depois das acusações falsas, das traições e das mentiras. Mas parecia que ele havia ficado mais sábio no processo. Durante seu tempo como prisioneiro, ele penetrou fundo em suas emoções e percebeu como havia causado dor e divisão em sua família.

Deixando seu egoísmo de lado e rearranjando suas prioridades na vida, Victor finalmente viu quanto significava para sua família estar morando em Gaia. A felicidade dos seus amados precisava transcender sua própria felicidade, e também seus caprichos, e para isso ele estava se esforçando de verdade para conseguir se encaixar.

Sarah acenou para Julius. Ela estava tão distraída dançando que não o havia notado logo ao lado. Ele acenou de volta. Fazia já um tempo que eles não conversavam. Desde que ele havia sido solto do Centro de Investigações, eles só haviam trocado alguns breves cumprimentos. Antes do começo da cerimônia, ela o viu com George e Sophia.

Tinha a impressão de que ele estava se esforçando para recuperar a confiança deles, talvez até recuperar a amizade. Eram pequenos passos.

— Posso interromper essa dança? — Julius perguntou, aproximando-se do casal. — Eu gostaria de lhe dar um pequeno presente — ele continuou, estendendo a Sarah uma pequena pedra esverdeada. — É uma pedra não polida; uma pedra relativamente dura e delicada ao mesmo tempo, por causa de suas fraturas. Com dedicação e paciência, essa coisinha pode ser transformada em uma bela e brilhante esmeralda. Esta pedra representa nossa amizade. Sei que não parece muito bonita agora… mas se a polirmos e cuidarmos dela…

— Ah, isso foi lindo, Julius... — Sarah suspirou, olhando para a pedra colocada na palma de sua mão.

— Sei que causei muita dor à sua família. Eu não os ajudei quando vocês mais precisavam de mim... — Julius fez uma pausa, revivendo sua vergonha. — Quando Lionel me acusou no Conselho, eu vi como eu estava errado. Eu deveria ter acreditado na sua inocência desde o início, e deveria ter lutado para prová-la. Eu fracassei como amigo e peço o seu perdão.

— Você é humano como todos nós, e suscetível a cometer erros da mesma maneira — disse Sarah. — Nem posso imaginar quanto deve ter sido doloroso para você descobrir sobre a morte de seu pai.

— Eu também preciso me desculpar — disse Victor. — Fui muito desagradável e arrogante questionando suas instruções a cada passo... Prometo me comportar melhor de agora em diante. É meu dever... como amigo. — Ele bateu nos ombros de Julius. — Mas espero que você ainda esteja disposto a ser meu tutor...

— Claro que estou, Victor — respondeu Julius. — Acho que basicamente estou exigindo mais de você porque vejo seu verdadeiro potencial. Sei que você vai ter um grande papel no futuro de Gaia.

— Eu me sinto honrado com suas palavras, professor. Mas espero que seja só uma opinião... não uma revelação! — Victor brincou.

Julius riu com todos eles.

— Acho que logo vamos descobrir.

Este livro foi composto com tipografia Electra e impresso
em papel Pólen Bold 70 g/m² na Gráfica EGB.